KB059873

청부살인 협동조합

청부살인 협동조합

The Contract Killers' Cooperative

김동식 단편집   요다

차례

칠판의 이름

고등학교 2학년 김남우는 지루한 얼굴로 칠판을 바라
보았다. 말주변이 없기로 유명한 사회 선생님은 유난히
판서가 많았다. 김남우의 눈은 초점을 잃었고 입은 쉼 없
이 소리 없는 하품을 내뱉고 있었다. 맨 앞자리라서 눈치
가 보일 만도 했지만, 지난 새벽까지 아르바이트를 한 탓
에 새어 나오는 피곤을 막을 수가 없었다. 그러다 불현듯
김남우는 의아해졌다. '응? 흰 분필로만 판서하는데 저
긴 왜 분홍색이야? 어라? 저기도?' 칠판에 적힌 글자들
중 불규칙하게 한 글자씩, 총 세 글자가 연분홍색으로 쓰
여 있었다.

환율의 상승은 '우'리 화폐의…
가격이 하락하기 때문에 '시'장에서의…
'현'대자동차의 수출을 예로…

"우, 시, 현?" 김남우는 분홍색 글자들을 이어 읽으며
누군가의 얼굴을 떠올렸다. 옆 반 반장 우시현. 그냥 가
벼운 생각이었다. 이유는 모르겠지만 몇몇 글자가 분홍
색이고, 우연히 그 글자를 조합했더니 우시현이 되었고.
그런데 선생님이 판서를 지우개로 지우자 김남우가 움찔

할 만큼 더 놀랄 일이 벌어졌다.

"틱. 틱. 틱." 분홍색 글자가 지워짐과 동시에 그 자리에서 연분홍 불꽃이 작게 터지는 게 아닌가. 집중하던 김남우만 눈치챌 법한 아주 작은 반응이었다. 김남우가 이상함을 느낀 그 순간.

"쿵!"

"꺄아아아악!"

둔탁한 굉음과 함께 창밖에서 들려온 비명 때문에 모두의 고개가 돌아갔다. 황급히 바깥 상황을 확인한 한 친구가 외쳤다.

"서, 선생님! 사람이 떨어졌는데요!"

"뭐?"

놀란 아이들이 창가로 몰려들고 선생님은 말리는 아수라장이 펼쳐졌다. 대충 사태가 수습됐을 때 김남우는 놀라운 이야기를 듣게 되었다. 옆 반 반장 우시현이 갑자기 창밖으로 뛰어내려 죽었다는 이야기를 말이다. 김남우는 소름이 돋았다. 칠판에 적힌 분홍색 글자, 그 글자와 이름이 같은 옆 반 반장의 죽음. 이게 과연 우연일까? 무슨 연관이 있는 게 아닐까?

며칠 뒤, 김남우는 수업 중에 또다시 깜짝 놀랐다. 판서에 다시 분홍색 글자가 보인 것이다. 위에서부터 급히 글자들을 연결해 본 김남우의 두 눈이 부릅떠졌다.

"차, 세, 운."

차세운이라면 바로 김남우의 옆자리 친구다. 그는 옆자리를 힐끗 보고 포스트잇에 메모를 써서 차세운을 향해 던졌다.

「세운아. 칠판에 분홍색으로 적힌 글씨 '차, 세, 운' 보여?」

메모를 확인한 차세운은 눈을 가늘게 뜨고 칠판을 보다가 이내 고개를 흔들었다. 커진 눈을 끔뻑거리던 김남우는 몸을 옆으로 기울여 속삭였다.

"저게 안 보인다고? 저기 자동차 판매량의 차, 세계의 세, 가장 밑에 운송 수단의 운! 저 글자들만 연분홍인 거 안 보여?"

차세운은 아무리 봐도 안 보이는 듯 답답한 표정을 지었다. 김남우는 마음이 급해졌다. 우시현처럼 설마 차세운도?

"잘 봐! 저기 저!"

김남우의 목소리가 조금 커지자, 판서 중이던 선생님

이 뒤돌아보았다.

"김남우. 수업 중에 누가 떠드나."

"아, 죄송합니다."

김남우는 어쩔 수 없이 얌전해졌지만, 애가 탔다. 그렇다고 지금 당장 할 수 있는 일도 없었다.

그렇게 수업은 끝났고, 김남우는 당번이 칠판을 지우기 위해 앞으로 나가는 모습을 보았다. 아차 싶었던 김남우는 당장 당번을 쫓아 나갔다.

"아아! 잠깐만!"

저번에도 글자를 지우자마자 우시현이 죽지 않았던가. 설마 이번에도?

"이거 안 지우면 안 돼?"

"뭐? 무슨 소리야. 다음 수업은 어떡하라고?"

"아니 그게….'

김남우가 어떻게 말해야 하나 고민하던 찰나 당번이 순식간에 칠판을 지우개로 밀어 버렸다.

"틱틱! 틱!"

"악! 야!"

김남우는 또 한 번 그 불꽃이 터지는 걸 보았고, 곧장 뒤돌아 차세운을 찾았지만 교실에 없었다. 쉬는 시간 종이 치자마자 밖으로 뛰쳐나간 듯했다. 김남우는 차세운을 찾아 교실 밖으로 달렸는데, 1층 계단에서 들려오는 소란은 김남우의 안색을 창백하게 만들었다. 아니나 다를까 차세운이 계단에서 굴러 쓰러진 것이다.

다음 날, 차세운의 사망 소식은 김남우를 미치게 만들었다. '칠판에 적힌 연분홍색 글자들은 이름이 되고, 그 이름이 지워지면 죽는다!' 이 사실을 어디에 신고해야 할지 몰랐다. 이걸 누가 믿어 준단 말인가. 그리고 학교 전체가 초상집 분위기인 상황에서 이런 헛소리를 어떻게 떠들 수 있단 말인가? 실제로 김남우는 담임선생님께 슬쩍 말을 꺼냈다가 욕만 먹었다. 김남우는 그저 수업 시간마다 칠판에 적힌 글자들을 뚫어지게 쳐다보는 일밖에 할 수 있는 게 없었다. 다행히도 며칠간 분홍색 글자는 나타나지 않았다.

여느 때와 같이 칠판을 노려보던 김남우는 경악했다. 레이저 같은 분홍색 점이 칠판의 한 부분을 비추는 순간, 그 글자가 분홍색으로 물드는 게 아닌가. 가장 앞자리였던 김남우는 황급히 뒤를 돌아보았다. 분명 그 레이저는 뒷자리에서 날아왔다. 김남우는 아이들을 샅샅이 훑었지만, 수상한 모습은 없었다. '누구지? 누가 방금 레이저 포인트를 쏜 거지?'

"김남우! 수업 시간에 뭐 하냐?"

"네? 아 넵! 죄송합니다."

선생님의 호통에 김남우는 다시 정면을 볼 수밖에 없었다. 머릿속이 혼란스러운 그때, 또 한 번 레이저 포인트가 칠판에 점을 찍었다가 사라졌다.

"아!"

김남우는 황급히 뒤돌아보았지만, 이번에도 수상한 움직임을 찾지 못했다. 다시 고개를 돌려 칠판을 확인하니 분홍색 글자가 두 개나 생겼다. 김해의 '김'과 남해안의 '남'이었다. "김… 남…!" 김남우의 심장이 미친 듯이 뛰기 시작했다. 그는 곧장 뒤돌아 어딘가에 앉아 있을 범인를 수색했다.

"김남우!"

"아!"

선생님의 호통에 어쩔 수 없이 정면을 돌아본 그 순간, 레이저 포인트가 반짝거렸다.

"아앗!"

칠판의 이름

재빨리 뒤돌았지만 레이저를 쏘는 듯 보이는 친구는 없었다. 김남우는 칠판을 확인하고는 자신도 모르게 안도의 한숨을 내쉬었다. 마지막 분홍색 글자는 '지'였다. 김남지.

"김남우 너 지금 선생님이랑 해보자는 거냐?"

"죄, 죄송합니다."

김남우는 선생님께 사과하면서도 머릿속은 딴생각으로 가득했다. '김남지가 누구지?' 수업 중 칠판의 글자가 지워질 때, 이번에도 '틱 틱틱' 작은 불꽃이 터졌다. 김남우는 어딘가에서 김남지라는 사람이 죽었을 거라고 확신했다. 그런데 더 소름 돋고 중요한 사실이 있었다. '마법 같은 방법으로 사람을 죽이는 범인이 우리 반에 있다. 누굴까?'

김남우는 레이저 포인트가 날아왔던 각도를 토대로 추리해 보았다. 가장 왼쪽 분단 앞자리였던 김남우의 자리를 기준으로 범인은 오른쪽 세 분단 어딘가에 앉아 있다. 앞줄에 앉은 세 사람은 절대 아니고, 두 번째 줄은 확률이 낮고, 남은 사람은 여섯 명. 그중에 범인이 있다. 얼굴을 하나씩 떠올린 김남우는 소름이 돋았다. 누구 하나 그런 짓을 저지를 것 같지 않은 평범한 친구들이었다. 도대체 왜? 뭐 때문에?

이유는 모르겠지만 김남우는 이 일을 막아야 한다고 생각했다. 무엇보다, 막지 않으면 왠지 자신이 죽을 것 같았다. 아무래도 그 누군가는 자신이 눈치챈 걸 아는 듯했고, 김남우의 '우'를 향해 쏘려다 실수로 '지'를 찍은 것 같다는 생각이 떠나질 않았다.

무조건 범인을 찾아서 막아야 한다. 김남우는 거울 달린 필통을 준비해서 수업 시간마다 용의자 여섯 명을 감시했다. 특히 판서가 많았던 국어와 사회 시간은 더욱더 집중했다. 강박증도 하나 생겼는데, 판서 내용 중에 '김', '남', '우'라는 글자가 있는지 살펴보는 일이었다. 그게 없단 걸 확인해야 안심할 수 있었는데, 의외로 세 글자가 모두 속한 판서가 나오는 일은 한 번도 없었다. 확률로 생각하면 당연한 듯했다. 그렇게 며칠간 친구들을 감시했지만, 이상한 낌새를 전혀 눈치채지 못했다. 김남우가 추린 여섯 용의자는 모두 평범해 보였다. '그럼 혹시 앞줄인 걸까? 아니면 바로 내 뒷줄일까?'

용의자에 대한 확신이 옅어지던 어느 날, 한 줄기 레이저가 칠판에 찍혔다. 김남우는 황급히 거울로 뒤를 확인하다가, 대놓고 고개를 돌려 살폈다. 역시 아무런 낌새가 없었는데, 칠판에 찍힌 연분홍색 글자는 '우박'의 '박'이었다. 박씨! 박씨 성을 가진 누가 목표인지는 모르겠지만, 김남우는 이 살인을 막기로 했다. 첫 번째로 준비한 방법은 시야 차단이었다.

"선생님! 저 다리에 쥐가 너무 심하게 났습니다!"

벌떡 일어난 김남우는 오른쪽으로 걸어가 책상을 짚고 섰다. 레이저 포인트로 원하는 글자를 못 찍도록 소란을 피우고, 가능하면 몸으로 칠판이 안 보이게 막을 셈이었다.

"뭐야 인마. 왜 그래? 자리에 앉아라!"

"선생님, 저 잠시만! 쥐 풀릴 때까지만 이러고 있겠습니다! 정말 죄송합니다! 으윽!"

"어휴, 이놈이?"

혀를 끌끌 찬 선생님은 다시 판서를 시작했고, 김남우는 뒤에서 날아올 레이저를 막기 위해 몸을 최대한 펼쳤다. 자리에 앉은 친구에게도 허리를 펴라며 등을 눌러주기도 했다.

그 순간, 김남우의 오른쪽에서 레이저가 짧게 쏘아

졌다.

"아!"

황급히 칠판을 바라본 김남우는 판서 내용 중 '쾌' 글자가 연분홍색이 된 걸 확인했다. '박쾌'밖에 없지만, 범인의 목표가 누구인지는 알 수 있었다. 박쾌가 들어간 특이한 이름은 전교에 '박쾌화' 하나였다.

"화!"

김남우는 얼른 칠판에서 '화' 글자를 찾았고, 그 즉시 몸을 옆으로 한 발짝 옮겼다. 교실 오른쪽 끝줄에서 글자를 향해 레이저를 쏘지 못하도록 막기 위함이었다. '아까 레이저가 나온 각도는 분명 오른쪽 끝줄이다! 끝줄 뒤에 앉은 두 명 중 한 명이다!' 최무정과 공치열. 김남우는 굳은 얼굴로 그 두 친구를 노려보았다. 그러자 선생님의 호통이 김남우의 뒤통수에 꽂혔다.

"김남우! 뭐하냐 너! 다리에 쥐 난 거 풀렸으면 어서 자리로 가 앉지 못해?"

"아."

김남우는 그 자리를 벗어날 수 없었다. 자신이 벗어나면 '화' 글자에 레이저가 꽂힐 텐데, 그럼 박쾌화는 죽는다.

"저기, 저…. 선생님…."

"당장 안 들어가? 혼나야 정신을 차리지?"

크게 분노한 듯한 선생님의 호통에 김남우는 갈등했다. 에라 모르겠다, 김남우는 칠판을 향해 달려들었다.

"죄송합니다!"

"어엇! 이놈이?"

칠판을 몸으로 가린 김남우는 손가락으로 '화'를 '회'로 바꿔 버렸다.

"김남우!"

"죄, 죄송합니다! 다리가 꼬여서…!"

김남우는 말도 안 되는 변명을 하곤 선생님 앞으로 가 무릎을 꿇었다. 겨우 화를 삭인 선생님은 김남우를 크게 나무란 뒤 자리로 돌려보내고 다시 판서를 시작했다. 선생님이 '회'를 '화'로 다시 고치지 않는 것을 본 김남우는 안도의 한숨을 내쉬었다. 이제 칠판에 '화'는 없었다. 수업이 끝날 때까지 김남우는 필통 거울을 통해 최무정과 공치열을 관찰했다. 특히 그들의 손을 뚫어지게 살펴보았는데, 특별히 레이저 포인트를 사용하는 듯한 낌새는 없었다.

'누굴까? 최무정이냐, 공치열이냐?' 김남우는 아무래

도 평소 행실이 조금 불량했던 맨 뒷자리 최무정을 의심했다. 혹여나 공치열일지라도 용의자를 두 명으로 좁힌 이상 누가 됐든 범인을 잡는 건 시간문제라고 생각했다.

이후 며칠간 칠판에 레이저가 나타나는 일은 없었다. 김남우는 자신이 쉴 틈 없이 두 사람을 감시했기 때문이라고 생각했다. 그러던 어느 날, 믿을 수 없게도 김남우가 철저히 감시하는 와중에 레이저가 나타났다.

"헛!"

김남우는 혼란에 빠졌다. 두 사람 중 범인이 있던 게 아니란 말인가? 분명 그날 그 각도가 가능했던 사람은 두 사람밖에 없는데? 확실한데? 혼란스러운 상태로 칠판을 본 김남우는 레이저가 글자를 바꾸지 못했단 걸 알았다. 김남우의 머릿속은 의문으로 가득했다. 용의자인 두 사람이 쏘지 않은 레이저, 글자를 바꾸지 못한 레이저.

"아!"

김남우는 소름 돋는 추리를 해냈다. '혹시 공범이 있나?' 익숙하지 않은 공범이 레이저 조준에 실패한 거라면 모든 게 말이 되었다. 이번 레이저는 용의 선상에서 벗어나기 위한 미끼였던 거라면? 한번 그런 생각이 들자, 김남우는 점점 확신하게 되었다. 마른 침을 꿀꺽 삼킨 김남우는 계속해서 최무정과 공치열을 주시했다. 괜히 다른 사람을 찾으려다가 진짜 범인을 놓치지 않도록 말이다.

수업이 끝나기 직전, 김남우는 온몸의 털이 곤두섰다. 필통 거울을 통해 공치열과 눈이 마주친 것이다. 소름 돋게 차갑고 무표정한 공치열과 말이다. 직감적으로 확신한 김남우는 점심시간, 운동장 벤치에 혼자 앉아 있는 공치열에게 다가가 떠보았다.

"왜 그런 짓을 하는 거야?"

가만히 김남우를 올려다본 공치열은 무표정하게 말했다.

"복수밖에 더 있겠어?"

"복수라고?"

"그놈이 내 동생을 자살하게 만들었거든."

"뭐?"

공치열은 차가운 눈으로 정색하며 말했다.

"너도 그 분홍 글자를 볼 수 있다는 걸 알아. 날 방해하지 마. 방해하면 너도 죽어."

"뭐라고?"

"난 경고했어. 너도 죽는다고. 죽기 싫으면 조용히 신경 꺼."

김남우의 눈빛이 흔들렸지만, 알겠다고 대답할 순 없었다.

"나도 죽이겠다고? 사람 목숨을 뭐라고 생각하는 거야! 더는 안 돼. 너 절대 못 해. 더 이상 그 짓 못 하게 내가 막는다."

"네가? 과연 그럴 수 있을까?"

결코 할 수 없을 거라는 듯 자신감이 가득한 공치열의 태도에 김남우가 발끈해서 대꾸했다.

"내가 못 막을 것 같아? 너한테 공범이 있다는 것도 다 알아."

"그래?"

"그래. 내가 너랑 그 공범까지, 무조건 막는다. 무슨 수를 써서라도!"

김남우가 단단히 경고하고 뒤돌아 떠나려 할 때, 공치열이 말했다.

"근데, 그 글자가 왜 너한테만 보이는지 알아?"

"뭐?"

멈칫한 김남우가 돌아보자 공치열이 말했다.

"진심으로 죽이고 싶은 사람이 있는 자만 보이거든. 나랑 내 공범 그리고 너. 네가 죽이고 싶은 사람은 누구야? 우리가 처리해 줄게. 말해 봐. 너도 우리와 한배를 타는 거야."

김남우의 두 눈이 크게 흔들렸다. 있었다. 그에게도 정말로 있었다. 돈 문제로 남보다 못한 사이가 된 큰집 인간들 말이다. 잘살던 집이 가난의 구렁텅이로 추락했을 때, 솔직히 김남우는 큰아빠를 죽이고 싶다는 생각을 수없이 했다. 그렇지만 진짜로? 진짜 죽인다고? 사람을?

"아, 아무리 그래도…!"

"죽이고 싶은 마음이 있고, 안전하게 죽일 방법이 있어. 그럼 당연히 해야 하는 거 아니야? 네 마음을 다 알아. 그 글자가 보이는 너와 나는 똑같은 사람이니까. 네가 죽이고 싶은 사람 이름만 말해 줘. 내가 기회를 봐서 죽여 줄게."

"너…!"

일순간 흔들리는 듯했던 김남우는 크게 성을 내며 단호하게 외쳤다.

"난 사람을 죽이지 않아! 너랑은 달라!"

"그래?"

"그래!"

김남우는 흥분해서 씩씩거리며 경고했다.

"난 널 막을 거다. 지금부터 내가 경찰에 신고도 할 거고, 인터넷에 글도 올릴 거고, 할 수 있는 모든 방법을 다 동원할 거야. 네 인생 복잡해질 걱정이나 해라!"

그 순간, 공치열의 얼굴이 흉악하게 일그러졌다.

"날 막겠다고? 그럼 넌 죽어."

"이 자식이 끝까지!"

"못할 것 같아? 난 이미 복수를 위해서 공범의 목표를 두 명이나 죽였어. 너 하나쯤 더한다고 달라질 게 있을 것 같아?"

"너…!"

"마지막 기회다. 한배를 타든가 죽든가."

"죽여 보든가!"

힘 모아 소리를 내지른 김남우는 뒤돌아 씩씩대며 걸어갔다. 솔직히 두려웠지만, 믿는 바가 있었다. 공치열이 자신을 죽이기에는 조건이 까다롭다는 점이다. 판서 중에 우연히 '김', '남', '우' 석 자가 나올 확률도 거의 없는데, 나온다고 해도 레이저를 막거나 쏘기 전에 지우면 그만이었다. 그리고 지금 김남우가 빠르게 교실로 향하는 이유. 흉기는 레이저 포인트다. 레이저 포인트처럼 보이는 물건만 압수하면 다 끝이다. 공치열이 교실로 돌아가기 전에 그의 자리를 뒤져 볼 생각이었다.

"하아."

점심시간이 끝나기 직전까지 뒤졌지만, 공치열 자리에 이상한 물건은 없었다. 돌아와 그 모습을 본 공치열이 희미하게 웃었다.

"네가 찾고 있는 건 공범이 가지고 있거든. 마지막 기회를 줄게. 지금이라도 살고 싶으면 내 말을 따라."

"웃기고 있네. 공범이 누군지 찾고 만다 내가."

김남우는 강하게 말했지만, 공치열은 비웃었다.

"언제? 공범을 찾고 나서는 늦을걸."

"흥! 그건 봐야 알지!"

김남우는 자신 있게 말하며 자리로 돌아갔지만, 속은 불안했다. 하필 다음 수업도 판서가 많은 사회였다. 수업 종이 울리고, 가장 앞자리의 김남우는 필통 거울로 쉼 없이 뒷자리를 감시했다. 누구의 손이라도 수상한 움직임을 보인다면 바로 소리칠 생각이었다. 그리고 언제라도 칠판으로 달려 나갈 수 있게 책상에서 한쪽 발을 빼 놓았다. 만반의 대비를 갖춘 김남우의 눈이 거울 너머 공치열과 마주쳤다. 미소 띤 공치열의 입이 움직였고, 그걸 본 김남우의 두 눈이 커졌다. 입 모양은 이렇게 읽혔다.

'공범은 바로….'

김남우의 두 눈이 최대한 집중한 그 순간, 공치열의 손가락이 한쪽으로 뻗었다. 그 방향을 좇아 고개를 든 김남우의 표정이 멍해졌다. 사회 선생님이 칠판에 엄청난 속도로 글을 쓰고 있었다.

김남우 김남우….

멍해진 김남우의 등 뒤에서 연분홍 레이저가 날아왔다. 칠판 한가득, 어디든 상관없이.

낚시터로
찾아온 사내

눅눅한 풀 내음과 안개가 자욱한 호수 낚시터의 밤. 입김이 나올 정도로 추운 날씨라 그런지, 중년 사내 김남우만 혼자서 코를 훌쩍이며 낚싯대를 들이밀고 앉아 있다. 멍하니 호수를 바라보던 김남우의 몸이 움찔했다. 손에 붙든 낚싯대의 입질 때문이 아니라, 뒤에서 들려온 인기척 때문이었다. 야구모자를 푹 눌러쓴 키 큰 중년 사내가 김남우의 근처로 걸어왔다. 사내는 근처에 낚시 자리를 세팅하며 말했다.

"안녕하십니까. 조금 잡힙니까?"

"안녕하세요. 아유, 하나도 안 잡힙니다."

"아, 이런."

모든 세팅을 뚝딱 마친 사내는 보온통에서 커피를 한 잔 따라 김남우에게 건네며 말했다.

"그럼 심심하지 않게 말동무나 좀 합시다. 말소리 듣고 도망갈 놈들도 없는 듯하니."

"아이고, 감사. 그럽시다."

같은 자세로 낚싯대를 던져두고 호수만 바라보는 두 남자의 대화가 시작되었다. 김남우가 먼저 물었다.

"여긴 그리 유명한 곳도 아닌데, 어떻게 알고 오셨습니까? 현지인이신가?"

"고기가 워낙 안 잡혀서 안 유명하지요. 현지인은 아니고, 아는 사람 때문에 왔었습니다."

"그렇군요. 저도 그렇습니다."

"고기는 안 잡혀도 머릿속 고민 비우기에는 여기보다 나은 곳이 없으니까요."

"그건 그렇지요. 뭐 고민이라도 있으십니까?"

김남우가 그렇게 묻는 시점에 사내의 낚싯대가 움직였다. 그걸 본 김남우도 움찔하며 손을 뻗었다.

"어엇! 저기!"

그런데 사내는 걸어 둔 낚싯대를 건드리지도 않고 그저 멍하니 호수만 바라보았다. 그 모습을 김남우가 이상하게 쳐다볼 때, 사내의 입이 열렸다.

"제가 사실은 20년 전까지 좀 위험한 일을 했었습니다."

"위험한 일이요?"

"살인청부업자였습니다."

"예?"

김남우는 잘못 들었나 싶어 사내를 돌아보았지만, 사내는 무덤덤하게 계속 말했다.

"굉장히 유명한 청부업자였지요. 대상이 누구든 실패

한 적이 없었으니까요. 그것도 의뢰인이 원하는 방식으로 죽여 주는데 말입니다. 제 의뢰비가 무척 비싼 편이었지만, 확실한 걸 원하는 고객은 꼭 제게 살인을 의뢰했습니다."

"지금 무슨 얘기를 하시는지…. 드라마 얘기입니까?"

"제 과거를 말씀드리는 겁니다. 살인청부업자로 살았던 과거 말입니다."

"나 원…."

"객관적으로 좀 완벽주의 성향이 있습니다. 저는 일할 때 절대 지키는 몇 가지 철칙이 있었지요. 무조건 한 번에 한 건의 의뢰만 진행하고, 15세 미만의 대상은 거절하는 것."

김남우는 미친 사람인가 싶어서 관심을 거두거나 그만하라고 말하려 했다. 그러나 이어지는 사내의 말에 두 눈이 휘둥그레졌다.

"대상을 조사하는 것도 철저했습니다. 예를 들면 이런 식이죠, 이름 김남우. 1974년생 성남 출신. 보근고등학교 수학 교사. 가족관계로는 중학교 선생인 아내 홍혜화와 세종대학교에 다니는 딸 김우리."

"다, 당신 뭐야?"

당황한 김남우의 목소리는 떨렸고, 사내는 담담했다.

"말했다시피 전직 살인청부업자입니다. 지난 20년간은 한 번도 살인을 저지른 적이 없지요."

"뭐?"

"20년 사이 저도 결혼을 했고, 아이도 있습니다. 당신처럼 딸입니다."

"아니, 내 딸 이름을! 내 이름을 어떻게 아느냐고!"

흥분하는 김남우를 무시하듯, 사내는 먼 호수를 바라보며 자기 얘기만 했다.

"20년 전, 아내는 제가 무슨 일을 하는지 알고 있었습니다. 그런데도 끝까지 저를 놓지 못했죠. 아내는 또한 알고 있었습니다. 아무리 애원해도 제가 절대 그 일을 관둘 리가 없다는 것을 말입니다. 아내는 제 사랑이었지만, 그 일은 제 인생이었으니까요. 끝이 보이는 관계에서 저는 먼저 아내에게 이별을 제안했습니다. 그때 아내가 그러더군요. '대신 조건이 있어. 사람 한 명만 죽여줘. 그러면 당신 말대로 할게.' 저는 그 조건을 수락했습니다. 그녀를 위해서 열 명도 죽여 줄 마음이 있었습니다. 누구를 죽이면 되느냐고 묻는 제게, 아내는 다시 확실하게 맹세하라고 하더군요. 제가 꼭 그러겠다고 약속하자 그제야 의뢰했습니다."

사내의 고개가 처음으로 옆에 앉은 김남우를 향해 돌아갔다.

"당신을 죽여 달라고 말입니다."

"뭐, 뭣?"

사내의 눈빛을 마주한 순간, 김남우는 살아생전 처음 경험해 보는 오싹함을 느꼈다. 뇌에서 위험신호가 쏟아지는 기분이었다.

"무, 무슨, 무슨…!"

"다만, 그 살인의 방식이 덧붙었습니다. 아내는 당신을 너무 증오해서 곱게 죽일 순 없다더군요. 아내는 정확히 20년 뒤에 당신을 죽여 달라고 했습니다. 당신이 결혼하고 아이도 낳았을 때 말입니다."

"뭐라고? 이런 미친!"

사내는 다시 고개를 돌려 먼 호수를 바라보았다.

"당신은 제 아내를 모를 겁니다. 사실, 아내도 당신을 잘 모릅니다."

"뭐요?"

"아내는 제 완벽주의적 강박을 이용한 겁니다. 한 번

에 한 가지 의뢰만 처리하고, 무조건 약속을 지켜야 하는 것 말입니다. 20년간 제가 청부업을 못 하게 만들기 위해서, 그날 카페에 앉아 있던 생면부지의 당신을 지목했던 겁니다."

"미친!"

"뻔히 보이는 생각이었지만, 이미 맹세했기 때문에 저는 아내의 의뢰를 받아들였습니다. 아내의 뜻대로 저는 20년간 살인청부업을 떠나게 됐습니다. 그사이 아내와 결혼했고, 아이도 낳았습니다. 제 인생에 있을 리 없다고 생각했던 삶을 지난 20년간 살게 된 겁니다."

사내의 입꼬리가 씁쓸하게 올라갔다.

"솔직히 말해서…. 행복했습니다. 아내 덕분이죠. 이대로 영영 평범하게 살아야겠다는 생각까지 들 정도로 너무나도 행복한 20년이었습니다."

"그, 그럼."

"「선녀와 나무꾼」 동화를 아십니까?"

"아?"

"나무꾼은 선녀가 다시 하늘나라로 올라갈까 봐 날개옷을 숨겼습니다. 제 아내는 나무꾼, 저는 선녀 같습니다. 그녀는 제가 다시 그 세계로 돌아갈까 봐 20년이란 시간 동안 무던히도 애썼습니다. 어떤 삶이 행복한 삶인지 제게 느끼게 해 주려고 최선을 다했지요. 하지만."

사내는 자리에서 일어났고, 김남우는 움찔 놀라 움츠러들었다.

"아내가 의뢰했던 20년 뒤가 오고 말았습니다."

"으어엇!"

"아내는 20년이면 충분히 저를 바꿀 수 있다고 생각했을 겁니다. 나무꾼도 아마 그런 생각으로 아내에게 선녀옷을 내주었을 겁니다. 하지만 선녀는 하늘나라로 올라가 버렸고, 저는 지금 여기에 있습니다."

등골에서부터 소름이 올라온 김남우의 얼굴이 새파랗게 질렸다. 사내가 김남우에게로 한 발씩 다가섰다.

"아내는 제가 어떤 사람인지 알면서도 부질없는 희망을 품었던 겁니다."

"아, 으아…!"

"아내는 상상도 못 했겠지요. 설마 제가 지난 20년간 그 의뢰를 잊지 않고 있을 줄은 말입니다."

"이, 이봐요."

"말씀드렸다시피 저는 단 한 번도 의뢰에 실패하거나 포기한 적이 없습니다. 그게 제 정체성이죠."

"으아아! 가, 가까이 오지 마!"

코앞까지 다가온 사내의 모습에 허둥지둥 일어나던 김남우가 의자에 걸려 넘어졌다. 사내가 그를 내려다보자 김남우는 부들부들 떨며 빌었다.

"사, 살려, 살려…!"

"그런데."

사내가 손을 내밀었다. 마치 김남우를 일으켜 세워 주려는 듯이.

"아내도 저도 생각하지 못한 게 있었습니다."

"아?"

"20년은 긴 시간이란 것 말입니다. 아내가 의뢰한 남자가 그 안에 죽어 버릴 거라곤 상상도 못 했던 겁니다."

김남우는 어리둥절한 얼굴로 사내를 올려다보았다. 사내는 김남우가 자신을 붙잡고 일어나지 않자 손을 거두고 말했다.

"김남지. 8년 전에 당신의 쌍둥이 형제가 교통사고로 사망했죠."

"아!"

"아내가 그날 카페에서 가리켰던 남자가 당신인지, 당

낚시터로 찾아온 사내

신의 쌍둥이 동생이었는지 확신할 수가 없습니다. 만약 그게 당신의 동생이었다면 저는 영영 의뢰를 끝낼 수가 없는 겁니다. 아내에게 돌아가 평범한 생활을 이어가겠지요. 하지만 그게 당신이라면, 저는 오늘 이곳에서 의뢰를 마무리할 생각이었습니다."

"그, 그런!"

"그리고 당신과 대화를 하면서 저는 알게 되었습니다. 아내가 의뢰한 대상은 당신의 죽은 동생이었다는 사실을 말입니다."

"아…!"

"20년 전 카페에서 그 남자가 했던 말이 불현듯 떠올랐기 때문입니다. 낚시처럼 재미없는 걸 도대체 왜 하는지 이해가 안 간다며 욕하던 모습 말입니다."

"아아…."

"제가 낚시를 좋아하기 때문에 그 말이 기억에 남았습니다. 기회가 된다면, 저 친구를 죽이기 전에 낚시가 재밌다는 말은 해 줘야겠다고 생각했던 기억이 났습니다."

사내는 피식 웃으며 돌아가 자신의 자리를 정리하기 시작했다. 그 모습은 어딘가 속이 후련해 보였다. 김남우는 놀란 자세 그대로, 한마디도 하지 못하고 보기만 했다. 모든 짐을 정리한 사내는 곧장 떠났다.

"저는 이만 가 보겠습니다. 오늘 있었던 이야기는….
괜찮습니다. 어차피 아무도 믿지 않을 겁니다. 그럼, 대
어 낚으시길 바랍니다."

멍하니 사내가 사라진 곳을 바라보던 김남우는 잠시
뒤, 바지를 털고 일어나 의자를 다시 세워 놓고 털썩 앉
았다. 수면의 찌를 바라보던 그는 주머니에서 지갑을 꺼
내 열었다. 그러곤 지갑 속 쌍둥이 형제의 사진을 가만히
바라보았다.

낚시를 왜 하는지 당최 모르겠다는 말을 입에 달고 살
던 김남우는 동생이 죽은 뒤 매년 제사상에 올릴 고기를
이곳에서 직접 낚았다. 동생이 가장 좋아하던 낚시터에
서 동생을 추모하면서 말이다. 그 덕에 오늘 목숨을 구한
셈이었지만, 김남우는 그런 생각이 들었다. 행복한 선녀
는 일부러 날개옷을 못 본 척할 수도 있지 않을까.

청부살인 협동조합

남자는 영화에서나 보던 살인청부를 자신이 하게 될 줄은 상상도 못 했다. 하지만 아버지를 자살로 몰아가고도 아무런 죗값을 치르지 않은 그놈을 도저히 용서할 수가 없었다. 청부업자가 내민 계약서에 사인한 남자는 그놈이 죽었다는 소식만 초조하게 기다렸다. 한데, 한 달이 지나도록 소식은 들려오지 않았다. 사람을 죽이는 게 쉬운 일은 아니니 오래 걸리나 싶었지만, 두 달이 넘어가자 슬슬 불안해졌다. 사실 살인청부 같은 건 모두 사기이고, 계약금만 날리게 된 거 아닐까. 그러다 드디어 그놈이 죽었다는 소식이 들려왔다. 그런데.

"고속버스 전복 사고로 일곱 명이 죽었다고?"

원수의 죽음은 사고사였다. 설마? 남자는 께름칙했다. 우연한 사고였을까, 청부업자의 짓이었을까? 며칠 뒤 청부업자가 잔금을 받으러 찾아왔을 때 남자는 물을 수밖에 없었다.

"설마 그놈을 죽이기 위해서 버스 전복 사고를 일으킨 겁니까? 아니죠? 그냥 우연히 일어난 사고죠?"

업자는 무서운 얼굴 버럭 화를 냈다.

"우연은 무슨! 당연히 내 작업이지. 그게 얼마나 힘들었는지 알아?"

남자의 안색이 파리하게 질렸다.

"아, 아니. 그놈 하나 죽이자고 무고한 사람 여섯 명을 죽였단 말입니까?"

"뭘 그렇게 놀라? 사람 죽이는 일 하는 사람이 사람 죽인 거 가지고. 너도 그거 알고 의뢰했잖아?"

"아니! 그게 무슨…. 제 복수를 위해 무고한 사람 여섯을 죽였다는 거잖아요. 제가 의뢰를 해서…."

죄책감에 떠는 남자의 모습을 본 업자는 인상을 찌푸렸다.

"이봐, 그딴 거 신경 쓰지 말고 어서 잔금이나 줘."

"아아! 나 때문에…. 나 때문에…!"

"어이? 이봐!"

"나 때문에…!"

공황에 빠진 남자를 본 업자는 어쩔 수 없다는 듯 고개를 절레절레 흔들며 소리쳤다.

"이봐! 자네 때문이 아니야! 원래 죽어야 할 사람들이 죽은 거야!"

"에, 예?"

"그날 죽은 일곱 명 말이야. 그 사람들 다 누가 살해를 의뢰한 청부 대상들이었다고!"

"뭐라고요?"

두 눈이 휘둥그레진 남자는 금방 고개를 저었다.

"거짓말하지 마세요. 그게 어떻게 가능합니까?"

"으휴. 그러니까….'

업자는 머리를 긁적거리며 말했다.

"우린 일종의 협동조합이라고 보면 돼."

"예?"

"살인청부업자들이 나름 협동조합의 개념으로 묶음 살인을 저지른 거라고."

"무슨 말입니까 그게?"

작게 한숨을 내쉰 업자는 잠시 고민하다가 자세히 설명하기 시작했다.

"이봐. 사람 죽이는 게 쉬운 줄 알아? 무턱대고 푹 찔러 죽이는 시대는 지났다고. 여론의 의심도 피해야 하고, 경찰 수사망도 피해야 해. 어? 그런 설계가 쉽지 않다고. 비용도 많이 들고. 하지만 한 번의 설계로 대여섯 건의 의뢰를 동시에 처리할 수 있다면 얘기가 다르지. 효율이 나온다 이 말이야."

"아!"

"무슨 말인지 알겠지? 청부업자들끼리 미리 대화 채널을 만들어 놓고, 일거리 들어온 사람이 있으면 그때그때 모이는 거야. 그리고 다 함께 품을 들여서 한 번에 처리하는 거지. 얼마나 좋아?"

남자는 상상도 못 했던 개념에 두 눈만 끔뻑였다. 업자는 내친김에 자랑하듯 말했다.

"게다가 이게 또 장점이 있거든? 보통 사람 한 명이 죽으면 경찰들이 타살의 가능성을 우선으로 염두에 두지만, 대형 사고는 방심하거든. 죽은 사람이 여럿인데 개개인의 원한 관계를 어떻게 조사하겠어?"

"아….."

"죽은 이들이 모두 청부 대상일 거란 예상은 못 하지. 또 작위적으로 보이지 않게 워낙 공들이니까 대부분 안타까운 참사로 넘어가는 거야. 실상은 죄다 살인청부였던 건데. 흐흐. 그래서 이 방법이 몇 년 전부터 유행한 거야. 꼬리가 잡힐 일도 없고, 품은 적게 들고, 설계 퀄리티도 높고. 유일한 단점은 사람을 모으는 데 시간이 좀 걸린다는 건데, 그 정도야 뭐 감수할 만하지. 자, 이제 알겠어? 그들이 자네 때문에 죽은 게 아니라는 거."

"아, 네."

남자가 납득하는 듯하자 업자의 표정이 험악하게 돌변했다.

"당연하게도 이 사실은 절대 비밀이다. 만약 이 비밀이 세상에 누설되면 무조건 그 출처가 자네라고 생각하겠어. 우리가 무슨 일 하는 사람들인지는 알지? 조심해."

"아, 알겠습니다."

겁에 질린 남자는 서둘러 잔금을 치르고 업자와 헤어졌다. 듣기만 해도 너무 무서운 세계라 다신 엮이기 싫었고, 평생 비밀을 지키겠다고 다짐했다.

1년이 지나자 그날의 공포심은 옅어졌다. 적어도 결혼을 앞둔 여자친구와는 비밀을 공유할 수 있을 것 같았다. 결국, 어느 휴가철 여행지의 밤과 술과 분위기에 취한 남자는 그 이야기를 고백해 버렸다. 다음 날 술이 깨자 여자친구가 의구심 어린 얼굴로 물었다.

"오빠, 근데 그 말은 어째서 믿는 거야?"

"뭐?"

"아니, 좀 황당해서. 청부살인 협동조합 같은 황당한 내용을 어떻게 믿어?"

"무슨 뜻이야?"

"좀 현실감이 없잖아. 내 생각엔 그냥 오빠한테 거짓말한 것 같은데?"

"거짓말이라고?"

"응. 이상하잖아. 버스 전복 사고로 죽은 일곱 명이 모두 청부 대상이었다니? 그것부터가 말이 안 되지. 어떻게 딱 그 사람들만 전부 같은 버스에 태울 수 있겠어? 심지어 운전기사는? 기사도 청부 대상이라고?"

"어?"

"만약 그들을 강제로 태웠다면 흔적이 남았겠지. 경찰 조사에서 밝혀질 거 아니야. 그럼 강제가 아닌데, 청부 대상들만 버스에 태울 수 있어? 이건 너무 말도 안 되는 이야기잖아."

"어어…?"

듣고 보니 이상하다고 생각한 남자의 목소리가 미세하게 떨렸다.

"그, 그럼 거짓말이었다고? 내가 죄책감을 느낄까 봐 즉석에서 만든 거짓말이었던 거야? 사실은 내 청부 때문에 죄 없는 여섯 명이 죽은 거라고?"

"그 사람이 그런 걸 신경 써 줄 이유가 없지. 오빠, 청부할 때 계약서도 썼다고 했지?"

"어? 맞아."

여자친구가 날카롭게 물었다.

"그 계약서에 정확한 청부 기한이 명시되어 있었어?"

"그건…. 기억이 잘 안 나는데."

"오빠, 그거 그냥 사기 아니야?"

"뭐? 사기?"

"살인청부업자인 척해서 선금만 받고 튀는 사기꾼 말이야. 그러니까 그 버스 전복은 우연히 일어난 진짜 사고였던 거지. 근데 그 사기꾼이 그걸 이용해서 잔금을 받아먹으러 온 거고."

"설마!"

남자는 깜짝 놀랐지만, 생각하면 할수록 설득력이 있었다.

"말도 안 돼! 정말 그럴까? 사기였다고?"

심각해진 남자를 본 여자친구가 아차 싶어 말했다.

"오빠, 근데 그냥 잊는 게 나을 것 같아. 오히려 잘된 거 아니야? 그게 진짜 사고였다면 오빠가 죄책감 가질 필요 없어졌잖아. 모두 과거의 일이잖아. 그냥 말끔히 잊어버려."

"으음…."

남자는 표정이 좋지 않았지만, 끝내 고개를 끄덕였다. 그리고 그는 새삼 예비 신부가 현명하다고 느꼈고, 이런 여자와 결혼할 수 있어 행운이라 생각했다. 한데, 인생은 모르는 것이었다. 결혼을 앞둔 두 사람은 몇 달 뒤 파혼했고 남보다 못한 사이로 헤어지게 됐다.

그 후 남자는 그녀를 욕하며 몇 달을 괴롭게 지냈는데, 겨우 잊어 갈 때쯤 인터넷에서 놀라운 글을 보게 되었다.

「요즘 살인청부업자들의 살인 수법!」

친구에게 들었다는 그 글의 내용은 남자가 그날 업자에게 들었던 것과 정확히 똑같았다. 남자는 기분이 나빴다. 그녀가 누설한 걸까? 절대 비밀이라고 말했는데. 연락이라도 해서 쏘아붙이고 싶었지만, 뭐라고 대답할지 뻔히 보여서 관뒀다. 어차피 사기꾼한테 당한 거 무슨 비밀이냐고 하겠지.

그런데 며칠 뒤 남자는 크게 당황했다. 그때 그 업자가 자신을 찾아온 게 아닌가.

"내가 분명히 경고했지? 우리 비밀을 퍼트리면 어떻게 되는지."

남자는 피가 차갑게 식을 정도로 무서웠지만, 침착하

게 대응했다.

"뭡니까! 또 사기 치려고 찾아왔습니까? 마침 잘됐네! 그쪽이 사기 친 제 돈 돌려주시죠!"

"뭐? 사기?"

"무슨 살인청부업자 협동조합 따위가 있다며 거짓말 하지 않았습니까? 당신은 원래 선금만 떼어먹는 사기꾼 인데, 우연히 일어난 버스 전복 사고를 보고는 잔금까지 뜯어먹으려고 지어낸 거 아닙니까!"

업자는 어이없어하며 물었다.

"내가 사기꾼이라고? 그 버스 전복이 우연한 사고였 다고?"

"그렇습니다!"

"왜 그렇게 생각하지?"

"애초에 한 버스에 탄 승객 모두가 청부 대상이라는 게 말이나 됩니까? 억지로라도 그렇게 태우진 못 할 겁 니다. 태운다 한들, 너무 수상해서 경찰 수사가 들어가겠 죠. 그리고 버스 기사는? 버스 기사도 우연히 청부 대상 이었습니까?"

"맞아."

"예?"

"청부 대상 중에 버스 기사가 있었기 때문에 설계를 그렇게 한 거야. 이 일에서 가장 중요한 건 자연스러움이니까."

남자의 눈동자가 잠깐 흔들렸지만, 바로 미간을 구기며 반박했다.

"무슨 말도 안 되는 소리를…!"

"왜 안 돼? 버스 기사는 원한도 사면 안 되나?"

"아니, 그럼 승객들은요? 어떻게 그들이 같은 날 같은 시각에 같은 버스를 타게 만든다는 겁니까?"

"그런 걸 공작하는 게 전문가의 일 아닌가? 그 버스에 타야만 하는 일을 만드는 건 그리 어렵지 않아. 목적지에 강연을 섭외하거나, 동창회를 열거나. 머리를 굴리면 온갖 방법이 있지."

"온갖 방법이고 나발이고, 한두 명이어야지요! 일곱 명을 조종해서 한 버스에 태운다는 건 소설로 써도 욕먹는 설정입니다."

그 말에 업자는 고개를 끄덕이며 인정했다.

"맞아. 그건 작위적이지. 우리가 가장 신경 쓰는 게 작위적이지 않아야 한다는 거거든. 하지만, 네 생각에는 오류가 있다."

"예?"

"사정을 모르니까 생각의 오류가 생기는 거지."

"무슨 오류 말입니까?"

"그 버스 전복 사고 때 모인 살인청부업자가 몇 명인 줄 알아? 서른다섯 명이었다."

"예?"

"그 말은 서른다섯 명의 청부 대상이 있었다는 말이지. 공작에 들어간 서른다섯 명 중에 성공한 일곱 명만이 그 버스에 오른 것이고. 어때? 이래도 작위적인가?"

남자의 두 눈이 사정없이 흔들렸다. 업자는 막힘없이 말했다.

"이젠 납득이 가나? 그게 우리 시스템이다. 최대한 티 나지 않게 자연스러운 설계를 하는 것 말이다. 참여하지 못한 자는 아쉽지만 또 다른 설계에 참여하면 돼. 성공할 때까지 말이다. 그래서 우린 작업 기한을 두지 않지."

"아…."

"우리만 아는 자세한 내용까지 알게 됐군. 또 퍼트릴 건가? 여기까지 알게 되면 진짜 입을 막는 수밖에 없는데 말이야."

남자의 안색이 새파랗게 질렸다. 업자는 무섭게 노려

보며 말했다.

"사실 오늘 내가 찾아온 건 경고성으로 겁만 주기 위해서였어. 자네 말대로, 그런 수법이 인터넷에 퍼진다 해도 너무 작위적이라 아무도 믿지 않고 금방 가라앉을 테니까. 하지만 이젠…."

덜덜 떨던 남자는 머리를 조아리며 외쳤다.

"죄, 죄송합니다! 절대 말하지 않겠습니다!"

"그걸 어떻게 믿지? 한 번 실수했는데 두 번은 못 하려고?"

"아뇨! 제가 일부러 퍼트린 게 아니었습니다!"

"일부러 퍼트린 게 아닌데 왜 인터넷에 떠돌아다녀?"

"그게 사실은! 제가 아니라, 저랑 사귀던 여자가 있었는데요! 술김에! 그! 근데 파혼하게 되면서! 그러니까…."

횡설수설 주절거리는 남자의 말을 가만히 듣고 있던 업자가 인상을 찌푸리며 말했다.

"어쨌든, 네 입에서 시작된 게 맞다는 거 아니야?"

"아, 아니 저는 정말…!"

당황한 남자는 이 위기를 극복하기 위해서 이렇게 말해 버렸다.

"다 그 여자가 나쁜 겁니다! 제가 책임지겠습니다. 그 여자를 죽여 달라고 의뢰하겠습니다! 예? 선생님께 지금 그렇게 의뢰합니다! 예?"

"뭐? 흠…."

업자는 골똘히 생각해 보다가, 고개를 끄덕였다.

"그렇게까지 나온다면 정상참작의 여지가 없는 건 아니지. 사실 내게 필요한 건 동료들에게 보여 줄 본보기니까, 누구라도 처벌하면 돼. 근데, 괜찮겠어? 그래도 한때는 약혼녀 아니었나?"

"괘, 괜찮습니다! 제가 그렇게 비밀이라고 말했는데 퍼트린 게 잘못 아닙니까? 그렇게 해 주시죠!"

"그렇다면야. 좋아, 계약서를 쓸까?"

"네!"

남자는 얼른 계약서를 쓰고 선금을 지불했다. 그리고 업자가 떠난 뒤, 뒤늦게 어마어마한 죄책감이 밀려왔다. 아무리 살고 싶었다지만 사랑했던 여자를 청부하다니?

"으음…."

마음이 좋지 않았지만 그렇다고 업자에게 연락해서 취소할 용기도 없었다. 비겁하게 중얼거릴 수밖에는.

"그러게 그 이야기를 왜 퍼트려 가지고…."

그로부터 몇 달 뒤 늦은 밤. 남자는 그녀의 여동생에게서 걸려 온 전화를 받았다. 울먹이는 목소리를 듣자마자 남자는 심장이 덜컥 내려앉았다. 업자가 그녀를 죽였구나! 하지만 이어진 여동생의 말에 남자는 당황했다.

"오빠, 언니가 지금 병원인데 와 줄 수 있어? 많이 다쳤어."

"뭐? 다쳤다고?"

'죽은 게 아니라?' 남자는 그 말을 삼킨 채 상황을 파악했다. 건물 붕괴 사고로 다 죽었는데 그녀만 살아남은 상황이었다. 남자는 그녀가 죽지 않았음에 안심하는 한편, 일이 잘못되었음에 불안하기도 했다.

"오빠 한 번만 와주면 안 돼?"

"어, 어? 그….."

"와서 언니 일어나라고 한마디만 해 주면 안 돼?"

남자는 아무리 생각해도 그럴 수 없었다. 그녀를 살인 청부한 게 자신이지 않은가? 그녀가 이번에 일어나 봤자 어차피 죽은 목숨이란 걸 아는데, 가서 힘내란 말을 할 수가 있을까?

"미안하다."

"오빠!"

남자는 핸드폰을 끄고 침대에 몸을 묻었다. 눈을 질끈 감고 억지로 외면하려 해도, 자꾸만 죄책감이 밀려왔다. 결국 그는 그날 밤새도록 잠들지 못했다. 이윽고 다음 날, 병가를 내고 집에 틀어박혀 있던 남자에게 업자가 찾아왔다.

"소식 들었나 모르겠네. 그 여자 말이야. 이거 참, 면목 없군."

머리를 긁적이는 업자에게 남자가 물었다.

"그 사고로 죽은 사람들도 모두 다른 청부 대상들이었습니까?"

"맞아. 우리 설계였지."

"그렇군요. 그럼 이제 어떡합니까? 또 다른 설계가 만들어질 때까지 기다리는 겁니까?"

"흐으음."

업자는 고개를 저으며 말했다.

"그건 너무 작위적이지. 그런 대참사 속에서 살아남은 사람이 또 사고로 죽는 건 좀 이상하잖아. 그렇다고 그냥 죽이기에는 경찰 수사가 생길까 부담스럽고."

"아아. 그렇군요. 그럼?"

"그래서 우리는 새로운 규칙을 만들었어. 청부 대상이

53

대참사에서 살아남으면, 그냥 포기하기로."

"아! 그렇습니까?"

남자는 내심 기뻤다. 그녀를 죽이지 않아도 된다니!

"그 대신, 의뢰인을 없애는 거야."

"네?"

"안 그러면 골치 아프잖아? 그래서 그게 우리 전통이 됐어. 다 함께 나서서 처리하는 거지. 이거 참, 미안하게 됐네."

"예…?"

남자의 눈이 사정없이 흔들렸다. 잠시 뒤, 그는 업자가 혼자 오지 않았음을 깨닫게 되었다. 트렁크 안이 몹시 좁다는 사실도.

원한의 기준

중년 남자 최무정, 젊은 여자 송서선, 젊은 남자 공치열이 대기실 의자에 앉아 있다. 곧 문이 열리며 검은 양복을 입은 건장한 사내가 그들을 불렀다.

"세 분이 모였군요. 들어오시죠."

세 사람은 사내가 안내한 자리에 착석했다. 사내는 그 맞은편에 앉으며 말했다.

"아시겠지만, 이 저주를 걸려면 원한이 정말 강해야 합니다. 쉽지 않은 방법이기 때문입니다."

"강합니다! 그놈을 당장이라도 갈기갈기 찢어 죽이고 싶다니까요!"

"저도요!"

세 사람은 저마다 자신의 원한이 강하다는 걸 어필했고, 사내가 고개를 끄덕이며 말했다.

"좋습니다. 그럼 얼마나 원한이 깊은지 그 사연을 들어 보겠습니다. 꾸밈없이 솔직하게 말씀해 주셔야 저주를 걸 수 있습니다. 그럼 먼저."

사내가 가장 왼쪽에 앉은 최무정을 바라보자 그가 분노한 얼굴로 말했다.

"제가 저주할 사람은 김남우라는 놈입니다. 그놈과 저는 오랜 친구입니다. 그놈은 재테크의 재 자도 모르는 놈

인데, 이번에 운이 좋았는지, 살던 집이 올라 큰돈을 벌었습니다. 그래서 제가 그놈한테 나도 부동산 갭 투자로 돈 좀 벌어 보자고 1억 원만 빌려 달라고 부탁했습니다. 거의 10억 원은 올랐을 테니까 1억 정도는 당연히 빌려 줄 줄 알았지요."

"그런데?"

"안 빌려주는 겁니다! 내가 2억도 아니고 1억만 빌려 달라고 한 건데! 걔가 여윳돈이 없으면 그런 말도 안 했을 겁니다. 통장에 1억 넘게 여유가 있다는 걸 뻔히 아는데, 죽어도 안 된다지 뭡니까? 어차피 그냥 놀리는 돈인데 그것도 못 빌려주느냐고 했더니, 그놈이 뭐라고 했는지 아십니까? 저보고 양아치 심보랍니다, 양아치 심보!"

"흐음."

"남의 돈으로 투자하려는 게 양아치 심보랍니다. 자기는 뭐 투자를 못 해서 안 하는 거냐고, 남 빌려줄 거면 자기가 직접 투자하지 왜 빌려주겠느냐고 그러는데! 아오! 내가 그 새가슴 놈 투자 안 할 거 뻔히 아는데, 그렇게 묵혀만 둘 거 다 아는데 무슨 뭐 뭐, 양아치? 양아치 심보? 어휴! 내가 이런 모욕을 진짜!"

말을 하면서 점점 흥분한 최무정은 말까지 더듬었고,

원한의 기준

사내가 진정하라며 손바닥을 내저었다.

"자자, 그만하시고. 들어 보니 결국 포인트는 돈을 안 빌려줘서 원한이 생겼다, 이거 아닙니까?"

"아니, 모욕을 내가!"

"정확한 사실만 말하자면요. 결국 돈을 안 빌려준 것 때문에 원한이 생겼다? 빌려준 걸 못 받아서가 아니라, 안 빌려줘서?"

차갑게 말을 끊는 사내의 표정은 다소 황당한 듯했다.

"이런 걸 원한이라고 부를 수 있을지 참…. 보통 여기 오시는 분들은 반대로 돈을 빌려줬다가 떼여서 원한이 생겼다고 하십니다만…. 뭐, 하여간 좋습니다. 가져온 물건은요?"

최무정이 품에서 시가를 꺼냈다.

"그놈이 좋은 일이 있을 때마다 하나씩 꺼내서 핀다고 했던 고급 시가입니다. 이 정도면 그놈이 아끼는 물건이 겠지요."

"알겠습니다."

시가를 받아 책상 위에 내려둔 사내가 가운데 앉아 있는 송서선으로 시선을 옮겼다.

"무슨 사연입니까? 그리고 뭘 가져오셨죠?"

송서선은 뚜껑 없는 립스틱을 사내에게 내밀며 말했다.

"급히 훔치느라 뚜껑이 없지만, 분명 그년이 아끼는 립스틱이에요. 제가 저주하고 싶은 년은 홍혜화예요."

"무슨 이유로?"

"우리 병원에 새로 온 젊은 의사를 제가 노리고 있었 거든요? 내가 혜화한테도 그 의사랑 잘되고 싶다고 다 말했는데, 우리 병원에 놀러 왔던 그년이 나 몰래 뒤로 꾀었지 뭐예요? 내가 노리고 있단 걸 뻔히 알면서 진짜! 자기가 속도위반 해서 결혼한다고 나한테 청첩장까지 주 는데 진짜…!"

송서선의 입술이 부들부들 떨렸다.

"내가 그년이 의사 와이프 되고 싶어서 혈안이 된 걸 알고 있었는데, 내 것까지 넘볼 줄은 몰랐죠! 진짜 더러 운 년이에요! 그년만 아니었어도 내가 잘되고 있었는 데!"

"흐음."

사내가 립스틱을 갈무리하며 고개를 갸웃했다.

"사귀는 사이도 아니고, 그냥 노리던 남자를 뺏어서 원한이 생겼다고요? 보통 여기 오시는 분들의 원한은 최

　　　　　　　　　　　　원한의 기준

소 배우자의 불륜 정도인데."

"찢어 죽이고 싶다고요, 정말!"

"알겠습니다."

사내는 마지막으로 공치열을 바라보며 물었다.

"제대로 된 원한이 한 분은 있으셔야 할 텐데, 들어 봅시다. 무슨 이유입니까?"

아까부터 말이 전혀 없던 공치열은 굳은 얼굴로 바닥만 내려보다가, 사내가 재차 묻기 직전에야 입을 열었다.

"외삼촌을 저주합니다."

"외삼촌을요?"

"그날 저희 부모님과 외삼촌은 조개구이를 먹으러 갔습니다. 외삼촌이 술 한 잔은 괜찮다며 운전하겠다고 고집을 부리더니, 기어이 교통사고를 냈습니다. 저는 정말 허망하게 부모님을 잃었습니다. 외삼촌이 울면서 제게 사과했지만, 저는 정말 외삼촌을 용서할 수가 없습니다. 고의가 아니었든 뭐든, 절대로…!"

"으으음."

사내가 무겁게 고개를 끄덕였다.

"뭐라 드릴 말씀이 없군요. 예, 그럼요. 진짜 원한이 생길 수밖에 없지요. 가져오신 물건은 그럼?"

"저희 외삼촌이 아끼는 개의 목줄입니다."

공치열에게서 목줄을 받아 든 사내는 고개를 끄덕였다.

"그래도 제대로 된 원한이 한 분은 있어서 다행입니다. 이 정도면 저주할 수 있겠군요. 자!"

손뼉을 '짝!' 치며 분위기를 환기한 사내가 책상 아래에서 무언가를 꺼내기 시작했다. 휴대용 버너, 뱀이 똬리 튼 모양의 냄비, 뱀 모양 큰 잔, 뱀 모양 막대기. 그는 버너에 뱀 냄비를 올리고 불을 붙인 뒤, 그들이 가져온 목줄, 립스틱, 시가를 냄비 안에 넣었다.

"여러분의 악의가 깃든 그들의 물건에서 지금부터 원한을 우려낼 겁니다. 모든 원한이 우러난 물을, 여러분이 마셔야 합니다."

"뭐라고요?"

"뭣?"

세 사람은 깜짝 놀랐다. 담배와 립스틱, 목줄 우려낸 물을 마셔야 한다고?

"아니, 그게 무슨! 그걸 어떻게 마십니까!"

"그래서 제가 말하지 않았습니까? 정말 원한이 깊어

야 한다고. 그 정도 각오도 없었습니까?"

"아니…."

"아직 설명할 게 더 있으니 들어 보시죠."

사내는 뱀 모양 막대기로 냄비 안을 저으며 말했다.

"보통 원한이 깊더라도 저주를 걸기에는 부족한 법입니다. 그래서, 여러 사람 몫의 원한을 하나로 합치는 방법이 탄생한 것입니다. 말하자면 이 저주를 거는 여러분은 한 팀이라는 겁니다. 그래서 이 우려낸 물을 마시는 것도 셋이 함께합니다."

"아."

"단! 이 저주의 잔은 한 번이라도 입을 떼는 순간 끝입니다. 구역질이 나더라도 참고 마셔야 하는데, 그럼 순서가 중요하겠죠? 아마 순서에 따라 일종의 의리 게임이 될 겁니다. 저주를 반드시 실행하려면 마지막 사람이 남은 물을 모조리 마셔야 하니까요."

순간적으로 세 사람은 서로를 돌아보았다. 사내는 그들에게 말했다.

"원한이 다 우러나기 전에 세 분이 순서를 정하시지요. 누구부터 이 저주의 물을 마시겠습니까?"

누가 봐도 가장 마지막 순서가 불리한 이 상황에서, 세 사람의 눈치 싸움이 시작되었다. 가장 먼저 입을 연 건 중년 사내 최무정이었다.

"합리적으로 생각해 보면 가장 원한이 깊은 사람이 마지막을 책임져야지. 그래야 성공 확률이 높지."

"그렇죠? 그렇게 따지면….."

최무정의 말에 동조하고 나선 송서선이 공치열을 돌아보며 말했다.

"그쪽이 마지막을 맡는 게 좋겠네요. 부모님의 원한이니까."

"뭐라고요?"

공치열이 어이가 없다는 듯 반박했다.

"왜 그렇게 마음대로 정합니까? 아니, 그 말은 지금 나보고 저 역겨운 물을 혼자 다 마시란 말 아닙니까!"

"아니, 아니지!"

최무정은 강하게 부정했다.

"우리가 앞에서 많이 마시지 당연히! 무슨 혼자 저걸 다 마시게 돼? 그건 아니고, 앞사람이 더 많이 마셔 줘야지. 만일을 대비하면."

"맞아요. 앞에 두 사람이 최대한 많이 마셔 주는 게 가장 안전한 방법이죠."

"지금 그걸 저보고 믿으란 말입니까?"

공치열은 황당해했지만, 두 사람의 협공을 막기가 쉽지 않았다. 그사이 냄비를 휘젓던 사내가 말했다.

"거의 다 우러났습니다. 시간이 무제한이 아니기 때문에 빨리 정하셔야 합니다."

"잠시만요! 다수결은 어때?"

"장난합니까!"

옥신각신하던 와중에 최무정이 지갑을 꺼냈다.

"아! 그럼 그냥 돈을 드릴게, 내가! 어?"

최무정은 지갑에 들어 있던 현금을 모조리 빼서 강제로 공치열의 손에 쥐여 주었다. 그걸 보고 송서선도 얼른 자신의 지갑에서 현금을 꺼내 공치열에게 내밀었다. 공치열은 전혀 받아들이지 않았다.

"누가 돈 필요하답니까!"

"어차피 순서는 정해야 하는데, 어? 그냥 미안해서 주는 거니까 받읍시다."

"아니 그럼 가위바위보라도 해서!"

"그건 아니고! 우리가 꼭 성공해야 하는데, 합리적으로 가장 가능성이 큰 방법을 써야지! 총각! 저주 안 할 거요? 아가씨는 저주 안 할 거야?"

"해야죠! 성공해야죠!"

공치열이 아무리 반발해도 분위기는 이미 그렇게 흘러갔다. 최무정이 최후통첩을 날렸다.

"둘 중 하나 골라 학생! 세 번째로 마시고 부모님의 원수를 갚든지, 마시지 않고 부모님의 복수를 포기하든지. 학생의 선택지는 그것밖에 없어!"

공치열은 어쩔 수 없는 현실에 굴복할 수밖에 없었다. 최무정과 송서선은 가위바위보로 순서를 정했고, 결국 최무정, 송서선, 공치열로 순서가 정해졌다.

마침맞게 사내가 큰 뱀 잔에 우러난 물을 따르기 시작했다. 물의 악취와 색깔에 세 사람의 얼굴이 일그러졌다. 모든 물을 따라낸 사내가 말했다.

"금방 식을 겁니다."

그 말은 정말이었는데, 순간적으로 뱀 잔에서 검은 연기가 확 피어나며 열기가 온 방 안에 퍼졌다. 셋이 깜짝 놀랐을 때, 사내가 잔을 앞으로 내밀며 말했다.

"식었습니다. 이제 순서대로 마시고, 어서 저주를 실행하시지요."

"으음."

최무정이 두 손으로 잔을 받아들었고, 송서선이 다급하게 말했다.

"최대한 많이 마셔야 해요. 알죠? 최대한 많이!"

"아, 그래야지."

고개를 끄덕인 최무정은 심각한 얼굴로 잔을 노려보다가 잔을 입술에 가져다 대고 기울였다. 그러나 얼마 못가 "쿨럭!" 단 한 모금도 제대로 마시지 못하고 잔에서 입을 떼어 버렸다.

"아 뭐야!"

"쿨럭! 목, 목이 갑자기."

"내가 이럴 줄 알았어! 아이 씨 진짜!"

송서선과 공치열이 욕설이라도 내뱉을 것처럼 펄쩍 뛰었다. 최무정은 그들을 제대로 쳐다보지 못하고 기침만 해댔다. 사내가 말했다.

"그럴 시간이 없습니다. 어서 다음 순서로."

사정없이 얼굴을 일그러뜨린 송서선이 잔을 받아 들었다. 그녀는 욕설을 내뱉으며 잔을 입술에 가져다 댔다. 한 모금, 두 모금….

"푸학! 켁!"

그녀의 입속으로 들어갔던 물은 금세 잔으로 되돌아

갔다.

"아니, 이봐!"

최무정의 언성이 높아진 그때 사내의 목소리가 빠르게 끼어들었다.

"마지막 순서입니다."

공치열은 황당하다는 얼굴로 내용물이 거의 그대로인 잔을 받아 들었다. 그는 원망스러운 얼굴로 두 사람을 노려보았다.

"장난하는 것도 아니고 진짜!"

"미, 미안해요. 정말 저는 마시려고 했는데….."

"이봐. 내가 진짜 실수였어, 실수! 일부러 그런 게 아니라."

두 사람은 안절부절못하면서도 공치열을 재촉했다.

"그거 꼭 마셔야 해! 어? 코를 손으로 잡고 마셔 봐."

"그, 그래요! 그거 성공해야 부모님 원수를 갚죠! 아시죠? 부모님 원수!"

"이이…!"

일그러진 얼굴로 두 사람을 노려보던 공치열은 잔을 내려다보며 고민에 잠겼다. 한참 갈등하던 그는 사내를 돌아보며 물었다.

"제가 그냥 외삼촌을 용서하겠다면, 안 마셔도 되는 겁니까?"

사내는 상관없다며 고개를 끄덕였는데, 다른 두 사람이 더 호들갑을 떨었다.

"이, 이봐! 복수해야지! 네 부모님을 죽인 그 자식을 죽여야지!"

"저승에 계신 부모님이 원망하실 거예요! 남자가 그것도 못 마셔요?"

공치열은 그들을 보며 이를 갈다가 다시 잔을 내려다보며 심각하게 고민했다.

"에라이!"

순간, 눈을 질끈 감은 공치열이 뱀 잔을 단숨에 들이켰다.

"오오!"

손에 힘을 주고 그 모습을 지켜보던 두 사람은 공치열의 고개가 뒤로 젖혀질 때마다 그만큼 눈이 커졌다. 목젖을 꿀렁꿀렁 움직이며 끝내 잔을 모두 비운 공치열이 일그러진 얼굴로 괴성을 내질렀다.

"크으으!"

"오오오! 성공, 성공했어!"

구역질을 참는 공치열의 등을 최무정이 급히 토닥거렸다.

"차, 참아! 다 견뎠어!"

송서선은 사내를 돌아보았다.

"된 거예요? 됐어요?"

사내는 가만히 공치열을 관찰하다가 그가 진정되자 고개를 끄덕였다.

"축하드립니다. 저주는 이루어졌습니다."

"그렇지!"

최무정과 송서선의 입이 귀에 걸렸다. 그들은 공치열을 추켜세웠고, 공치열은 됐다는 듯 신경질을 냈다. 하지만 공치열 또한 사내에게 물었다.

"저희 부모님의 원한이 갚아지는 겁니까?"

"물론입니다. 당신의 원한은 깊은 저주로 그에게 돌아갈 것입니다."

공치열은 복잡한 표정으로 한숨을 내쉬었다. 모두의 용건이 끝나자 사내는 세 사람을 문밖으로 배웅했고, 그들은 감사 인사를 남기며 떠나갔다. 방으로 돌아온 사내는 책상 위의 물건들을 하나하나 정리했다. 한데 금세 문이 열리며 공치열이 다시 들어왔다. 그는 정말 납득이 가지 않는다는 얼굴로 사내에게 물었다.

"아까 그 두 사람의 원한도 정말, 갚아지는 겁니까?"

사내는 피식 웃으며 말했다.

"그럴 리가 있습니까?"

"예?"

"아까 두 사람의 사정을 들으셨겠지만, 그것은 원한이 아닙니다. 저주를 내리는 악신은 굉장히 객관적입니다. 돈을 안 빌려줬다고? 내가 찍은 남자를 꾀었다고? 요즘 사람들은 자신이 기분 나쁜 것을 원한이 생겼다고까지 표현하는데, 그게 무슨 원한입니까? 최소한의 피해라도 보았어야 원한이 성립되지요."

"아!"

"그래도 그 악의 덕에 당신의 저주는 이루어질 겁니다. 걱정하지 말고 가셔도 됩니다."

"아, 예."

고개를 끄덕이고 일어선 공치열은 움직이지 않고 잠깐 망설이다가 도로 의자에 앉았다. 그는 심각한 얼굴로 조심스럽게 말했다.

"저주하고 싶은 사람이 또 있습니다. 방금 나간 두 사람입니다."

흥미롭다는 듯 미소를 지은 사내가 물었다.

"다음 팀에 합류하시죠. 근데, 저주할 물건은 가져오셨습니까? 그들이 정말 아끼는 물건이어야 한다는 건 아시죠?"

"예."

공치열은 주머니에서 꺼낸 현금을 내밀었다.

"그 두 사람이 나가면서 그러더군요. 아까 쳤던 현금 다시 돌려줄 수 있느냐고 말입니다. 차비는 있어야 한다고요."

"으하하하."

"돌려주고 남은 겁니다. 저는 확신합니다. 이 물건은 분명 그들이 아끼는 물건이라고 말입니다."

사내는 기꺼이 그 돈을 받아 주었다.

왜 나를
살려 뒀을까

현관문이 열리고, 피곤한 몸을 이끌고 퇴근한 홍혜화가 들어와 신발을 벗었다. 평소와 다름을 느낀 그녀의 고개가 천장으로 향했다.

"뭐야? 불이 왜 안 켜져?"

그녀는 신발을 벗고 들어서며 외쳤다.

"자기야! 현관에 전등 나갔어?"

그러나 대답은 돌아오지 않고, 거실의 불을 켜기 위해 스위치를 올린 그녀는 멈칫했다. "딸깍딸깍." 거실에도 불이 들어오지 않았다. '정전인가? 오는 길에 다른 집들은 불이 켜져 있었는데?' 홍혜화의 얼굴에 긴장이 조금 어렸다.

"자기야! 여보?"

그녀는 어두운 집 안을 조심스럽게 걸었다. 안방으로 가서 문을 조심스럽게 여니, 의자에 앉아 있는 남편의 실루엣이 보였다.

"자기야…?"

그녀의 두 눈이 흔들렸다. 꺼림칙한 기분으로 그에게 천천히 다가간 홍혜화는 경악할 수밖에 없었다. 의자에 누인 남편이 처참한 형상으로 죽어 있는 게 아닌가? 그녀가 비명을 내지를 때, 갑자기 나타난 검은 그림자가 그녀의 뒤통수를 후려쳤다. 쓰러진 그녀는 희미해지는 남편의 시신을 바라보며 기절했다.

날이 밝은 아침, 그녀는 어젯밤 일이 꿈이 아니었다는 걸 말해 주는 참혹한 현장에서 깨어났다. 그리고 그곳에서 하나의 글귀를 발견했다. 그녀의 화장대 거울에 붉은 립스틱으로 쓰인 그것.

「내가 왜 널 살려 뒀을까?」

*

"네. 오늘 저희 채널은 유명 프로파일러 김 교수님을 모시고 이야기를 들어 보고자 합니다. 최근에 벌어진 그 사건, 확실히 연쇄 살인인가요?"

"그렇습니다. 연쇄 살인의 특징을 충족하고 있습니다. 피해자 간의 연관성이 없고, 세 건의 범행 수법도 똑같죠. 불이 꺼진 현장에, 난도질 패턴, 결정적으로 특정 메시지까지 말입니다."

"메시지라면 바로 그 유명한 살인범의 질문이군요. '내가 왜 널 살려 뒀을까?' 말씀이시죠?"

"그렇습니다. 살인마는 대상을 살해한 후 일부러 집에

서 대기했고, 들어오는 가족을 기절만 시킨 뒤 떠났습니다. 사실 쾌락형 살인마라면 두 사람 모두를 죽여야 하는데, 일반적이지 않은 케이스입니다. 아마 유족을 살려 주는 행위에서 위력 과시나 어떤 욕구를 충족하지 않았을까 싶은데, 그 부분은 더 심도 있는 프로파일링을 진행해 봐야 할 것 같습니다."

전국을 떠들썩하게 한 수도권 연쇄 살인마의 피해자, 홍혜화는 계속 생각했다. 그 미친놈은 왜 나를 살려 둔 걸까? 남편을 잃은 홍혜화, 아내를 잃은 김남우, 남편을 잃은 장진주. 실제로 세 생존자는 프로파일러 김 교수와의 면담에서 늘 살아남은 자의 고통을 울부짖었다. 김 교수가 해 줄 수 있는 말이라고는, 여러분이 고통받는 것 자체가 범인의 목적이라는 말뿐. 그러니 힘을 내라고 한들 누가 그럴 수 있을까? 세 피해자는 범인이 잡히길 바라는 것만큼, 범인의 질문에 집착했다. 그들뿐만이 아니라 이 사건을 접한 사람들도 자신의 추론을 떠들어댔다.

"그냥 고통받는 유가족의 모습을 보면서 즐기는 변태 아니야? 아마 그놈은 매일 유가족에 대해서 검색할걸? 어쩌면, 살인보다 그게 원래 목적이었을지도 몰라."

"내가 미드를 좀 많이 봤는데, 이런 경우에는 범인이

어렸을 때 사랑하는 가족을 잃은 경험이 있는 거야. 그 트라우마가 최근에 어떤 스트레스 요인으로 크게 활성화 됐고, 비슷한 범행을 저지르게 된 거지."

"이거 좀 소름 돋는 생각인데, 혹시 그거 아니야? 한 명의 목숨을 죽이고, 한 명의 목숨을 살리는 것으로 자신의 죄를 퉁 치는 거지. 종교가 있는 전과자를 중심으로 프로파일링하다 보면 범인이 나오지 않을까?"

장르물에서나 보던 연쇄 살인마의 이야기는 대중에게 하나의 예능처럼 소비되었다. 그러는 와중에 네 번째 피해자가 발생했고, 사람들은 가족들이 모두 퇴근하기 전에는 집의 불을 끄지 않는 버릇이 생겼다.

홍혜화, 그녀는 끊임없이 그 질문에 파고들었다. 자신에게 닥친 이 불행에는 반드시 이유가 있어야만 했다. 그걸 찾지 못하고는 견딜 수 없었다. 왜 범인이 자신을 살려 두었을까? 사람들이 쉽게 떠드는 그 말들이 정답일까? 매일 경찰서를 들락거리던 그녀는 충격적인 사실을 듣게 되었다.

"남편에게 내연녀가 있다고요?"

"전혀 모르고 계셨습니까?"

왜 나를 살려 뒀을까

"무슨…. 거짓말이죠?"

사랑하는 남편이 바람을 피우고 있었다니! 그녀에게
는 남편의 죽음만큼이나 충격적인 이야기였다. 믿기 싫
은 사실이지만, 경찰서에서 내연녀를 마주하고는 받아들
일 수밖에 없었다. 남편의 직장 동료였으니까. 남편이 늘
같이 야근한다던 그 여자였으니까. 홍혜화는 그녀의 멱
살을 붙잡고 흔들어댔다. 이 모든 불행의 원인을 그녀에
게 뒤집어씌웠다. 그녀는 홍혜화를 뿌리치며 울었다.

"지금 나도 너무 슬프다고요! 나야말로 진짜 사랑하는
사람을 잃은 사람이라고!"

"이이…! 죽일 년! 죽어!"

폭주하는 홍혜화를 김 교수가 겨우 뜯어말렸다. 김 교
수는 그녀를 위로하며 집으로 돌려보내면서도 마지막에
는 객관적으로 이야기했다.

"내연녀 때문에 부군이 돌아가신 게 아닙니다. 저희가
범인을 꼭 잡겠습니다."

"…."

집으로 돌아온 홍혜화는 이후 며칠간 집에서 한 발짝
도 나가지 않았다. 그녀는 하루의 대부분을 화장대 위 거
울을 보며 앉아 있었다. '내가 왜 널 살려 뒀을까?' 홍혜

화는 궁금했다. 범인은 혹시 남편의 외도를 알고 있었을
까? 그게 이유일까? 그럼 다른 생존자들은? 그들도 같은
이유인가?

  그녀의 생각대로였다. 죽은 사람들은 모두 외도 중이
었다. 이 사실이 알려지자, 사람들은 또 떠들어댔다.
  "그냥 바람피우다가 벌 받은 거 아니야? 바람피우는
것들은 죽어도 싸지."
  "그래서 아내나 남편을 살려 둔 거구나! 미친 연쇄 살
인마인 줄 알았는데, 완전 정의의 사도였네! 사실 정의를
집행하고 있었던 거야!"
  이런 말들 속에서 누군가는 생존자들이 슬퍼할 필요
가 없다고 했다.
  "죽어도 싼 인간이 죽었네. 어떻게 보면 살인마가 대
신 복수해 준 거잖아. 나 같으면 고맙다고 큰절했다."
  "바람피우는 걸 알았으면 살인마가 죽이기 전에 자기
가 먼저 죽였을걸? 나라면 그랬어."
  심지어 홍혜화에게는 인터뷰 요청까지 왔다.
  "현재 솔직한 심정이 어떠십니까?"
  "…."

왜 나를 살려 뒀을까

"사모님을 까맣게 속이고 배신한 남편분의 행동은 용서하기 힘들 것 같습니다. 남편을 위해 흘린 눈물이 아깝다는 말까지도 나오고 있는데, 동의하십니까?"

"…."

"일각에서는 사모님이 살인마에게 고마워하고 있을 거라고 하더군요. 어떻게 생각하십니까?"

홍혜화는 대답했다. 그녀는 이 대답을 하고 싶어서 인터뷰를 받아들인 것이었다.

"저는 여전히 남편의 죽음이 슬픕니다. 바람피운 남편이 죽었으니까 괜찮을 거라고요? 안 괜찮아요. 내가 슬픈데 어쩌라고요! 나는 남편을 용서할 수도 있었어요."

"용서 말입니까?"

"용서든 복수든, 내 권리라고요. 근데 그럴 기회를 그 새끼가 빼앗아 갔어요. 그놈이 대신 복수해 줬으니 고마워하라고요? 복수를 해도 내가 해요! 저는 절대 그 살인마에게 고맙지 않아요. 오히려 기분이 몹시 더러워요. 그놈이 남겨 놓은 질문의 답을 찾았거든요."

"오. 질문의 답이 뭡니까?"

"왜 나를 살려 뒀냐고? 불쌍해서. 그놈은 내가 불쌍해서 살려 둔 거예요. 남편이 바람피우는 것도 모르고 그렇게 살았던 내가 불쌍해서 살려 뒀단 말이라고요."

홍혜화의 인터뷰에 다른 생존자들도 극히 공감했다. 그들은 사람들이 그 살인마를 '정의'라는 이름으로 부르지 않기를 바랐다. 그러나 몇몇 사람들은 그 연쇄 살인마를 추종했다. 바람피우는 놈들은 이제 목숨 걸고 피우라며, 살인마가 찾아간다는 인터넷 밈을 만들기도 했다. 그가 영원히 잡히지 않기를 응원하는 말도 보였다. 그런 반응 하나하나에 분노한 홍혜화는 앞장서서 모든 매체에 나섰다. 그녀는 극악무도한 범죄자 새끼를 영웅시 하지 말라며 분노를 토했고, 반드시 잡혀서 죗값을 받으리라 범인에게 경고했다.

그래서였을까? 범인이 잡혔을 때, 그녀에게 가장 먼저 연락이 왔다.

"범인이 잡혔습니다!"

김 교수의 전화를 받자마자 홍혜화는 경찰서로 달려갔다. 경찰서 복도에서 끌려가던 범인과 마주한 홍혜화는 그 앞을 막아섰다. 형사가 그녀를 위해 시간을 내주었을 때, 그녀는 범인을 한없이 바라보기만 했다. 그러다 겨우 입을 연 그녀가 처음으로 한 말은 질문이었다.

"나를 왜 살려 뒀는데요?"

"…"

"물었으면 답을 줘야 할 거 아니에요. 나를 왜 살려 뒀는데요?"

범인이 아무 말 없자, 결국 그녀는 울부짖으며 범인을 향해 달려들었다. 형사들은 그녀를 말리며 범인을 연행했고, 따로 남은 김 교수가 그녀를 위로했다. 흥분을 가라앉힌 그녀는 김 교수와 함께 취조를 참관하러 이동했다. 그녀는 물었다.

"어떻게 잡은 건가요?"

"아! 전에 말씀드렸던 남편분의 계좌에서 사라진 돈 말입니다. 알고 보니, 피해자들 모두 재산이 사라진 정황이 있었습니다. 그 돈의 흐름을 쫓아가다가 꼬리가 잡힌 것이지요."

"돈이요? 결국 돈이 목적이었단 말이죠? 그러면 그렇지. 저런 놈을 가지고 무슨…."

홍혜화는 그간의 서러움이 해갈된 심정으로 취조실 옆방에 들어섰다. 유리창 너머, 형사와 마주 앉아 취조 중인 범인의 모습이 보였다. 차갑게 그 모습을 쳐다보던 홍혜화의 표정이 일순간 멍해졌다.

범인은 고백했다.

"그들의 돈을 제가 어떻게 빼앗았느냐고요? 아니요, 저는 빼앗지 않았습니다. 그들이 제게 직접 건네주었습니다. 저는 살인청부업자입니다. 그들은 제게 자신의 배우자를 죽여 달라 의뢰했습니다. 그래서 전 청부와 반대로 의뢰인들을 죽였습니다. 그게 더 쉽거든요. 그들은 최선을 다해서 저를 도와주니까 말입니다. 그게 바로 제가 그 청부 대상들을 살려 둔 이유입니다."

1분만
조종할 수 있다면

"국내 최고 부자 두석규 회장의 몸을 1분간 마음대로 할 수 있다면, 자넨 무엇을 할 것인가?"

남자의 말은 김남우의 심장을 두근거리게 했다.

"죽여 버릴 겁니다."

"그렇지. 자넨 아버지의 원수를 갚아야지."

김남우는 인상을 찌푸리며 물었다.

"저에 대해서 아십니까? 당신은 누굽니까? 갑자기 찾아와서 무슨 소리인지."

"자네의 복수를 도와줄 수 있는 사람이지."

남자는 하얀 천에 싸인 무언가를 가방에서 꺼내 테이블 위에 두었다. 감싸고 있던 천을 걷어내자 김남우의 두 눈이 휘둥그레졌다. 그것은 말라비틀어진 미라의 손이었다.

"뭡니까?"

"인간 손이 아니라 원숭이 손이네. 그리고 자네의 복수를 도와줄 도구지."

남자는 안광을 번뜩이며 목소리를 낮췄다.

"펼쳐진 손가락 두 개가 보이나? 자네가 이 손가락을 접으면 두석규 회장과 1분간 영혼을 바꿀 수 있네. 오직 원한으로 불타는 자만이 가능하지."

김남우는 어이없다는 듯 눈을 가늘게 떴다. 남자는 진지하게 설득했다.

"거짓말이 아니야. 접힌 손가락들 보이지? 전 주인이 사용했거든. 그는 배우 공치열을 원망했지. 그래서 그는 공치열과 1분간 몸을 바꿨어."

남자는 스마트폰을 꺼내, 공치열의 SNS 게시물을 하나 보여 주었다.

「물의를 일으켜 죄송합니다. 하지만 저는 정말 그런 추태를 부린 기억이 없습니다. 갑자기 주변 환경이 변하고, 뭐랄까 약간 정신이 나간 느낌이었습니다. 설명할 수 없는 일을 경험했다고밖에 드릴 말씀이 없습니다. 죄송합니다.」

"이게 바로 그 증거지."

"으음."

김남우는 그 SNS를 보면서도 못 미더웠지만, 남자의 말은 설득력이 있었다.

"믿든 말든 어차피 자네는 손해 볼 것 없지 않나? 진짜라면 복수를 하고, 거짓이라면 잠깐 시간 낭비했다 치면 되는 거고. 내가 자네에게 돈을 요구하는 것도 아니지 않는가?"

"으음…."

김남우의 표정이 변하는 것을 알아차린 남자가 은근하게 꼬드겼다.

"사실 내가 자네에게 바라는 게 있긴 있지. 손가락이 두 개가 남았잖아? 총 2분을 바꿀 수 있다는 건데, 1분만 내 부탁을 들어 달란 말이야."

"부탁?"

남자는 씨익 웃으며 엄지와 검지를 동그랗게 말았다.

"돈이지 돈. 국내 최고 부자 두석규의 몸을 1분간 조종할 수 있는데, 그 기회를 안 살릴 수야 있나? 하하하. 자네는 복수를 하고, 나는 돈을 벌고. 윈윈 아닌가?"

속이 보이는 그의 말은 오히려 김남우의 의심을 덜어 주었다.

"그러니까, 내가 두석규의 몸에 들어가서 돈도 뺏고, 목숨도 빼앗으란 말입니까?"

"맞아! 바로 그거야. 성공하면 자네에게도 돈을 좀 챙겨 줄 테니까. 응? 어때? 날 도와줄 텐가?"

김남우는 대답을 망설였지만, 아무리 생각해도 거절할 이유가 없었다.

"좋습니다. 어떻게 하면 됩니까? 이 손가락을 잡고 당기면 되는 겁니까?"

김남우가 테이블 위로 손을 뻗자 남자가 화들짝 놀라며 말렸다.

"어허, 잠깐! 지금은 안 돼! 만반의 준비를 해야지! 아무 때나 1분을 사용할 게 아니라, 두석규 회장의 스케줄을 보고 판단해야지!"

"아….."

"내가 날을 잡아서 연락할 테니까, 그때 보자고."

남자는 웃으며 천으로 미라 손을 다시 쌌다.

"알겠습니다."

남자가 말한 날은 생각보다 금방 찾아왔다. 며칠 뒤, 그는 호텔로 김남우를 불러서 설명했다.

"지금부터 두 시간 뒤, 두석규가 휴식 시간을 가질 거야. 그때 자네가 1분간 영혼을 바꾸면 돼. 그 전에 자네가해야 할 일을 설명해 줄게. 어때, 1분 만에 큰돈을 빼앗는방법이 뭘까 궁금하지 않았나?"

아닌 게 아니라 김남우는 계속 생각해 왔다. 1분 만에 어떻게 두석규의 돈을 빼앗지? 고작 1분이란 생각도 들고, 어쩌면 엄청난 1분이란 생각도 들고. 그는 미심쩍은 얼굴로 물었다.

"정말 1분 만에 큰돈을 빼앗을 수 있는 겁니까?"

남자는 자신만만하게 웃었다.

"물론. 1분만 있으면 세상도 다 빼앗을 수 있어."

김남우는 감이 오지 않는다는 얼굴로 물었다.

"으음. 제가 뭘 하면 됩니까?"

"자, 몇 가지 계획이 있어. 가장 중요한 건 자네가 당황하지 말고 침착하게 움직여야 한다는 거야. 할 수 있겠지? 아니, 꼭 해야지. 지금부터 두 시간 동안 계속 시뮬레이션하자고."

남자는 손가락을 하나 세웠다.

"먼저, 몸이 바뀐 걸 확인하자마자 바로 스마트폰을 찾아. 찾으면 지문이나 홍채 인식으로 잠금을 풀어. 이게 최우선 과제야. 알겠지?"

"예."

"만약 스마트폰이 풀리면, 당장 증권 앱에 접속해서 두석규가 보유 중인 보근기업 관련 주식을 모조리 던져."

"주식 말입니까?"

김남우가 어리둥절한 표정으로 묻자 남자가 웃었다.

"그래. 그게 가장 베스트 플랜이지. 두석규가 주식 지분을 잃으면 내가 떼돈을 벌지."

"아! 그렇군요. 알겠습니다."

"나중에 내 스마트폰으로 연습해. 두석규 회장과 똑같은 핸드폰에 똑같은 주식 앱이 깔려 있으니까."

"네."

"그런데, 이게 실패할 수가 있어. 비밀번호를 알아야만 해제가 된다거나, 주식 매도 금액에 한도가 있다거나. 그럼 지체하지 말고 바로 다음 행동으로 들어가."

"다음 행동이라면…?"

"정 실장. 정 실장이라고 두석규의 최측근이 있거든? 나중에 사진을 보여 줄게. 그 정 실장을 불러서 이렇게 말해."

남자는 두석규의 목소리를 연기했다.

"정 실장. 내가 말하는 계좌로 30억 원을 입금하게. 내 개인적인 용무이니까 이유는 묻지 말고, 이건 오직 자네만 아는 비밀이야. 오늘 이후로 절대 이 이야기를 꺼내지도 마. 그러니까 난 자네에게 그런 말을 한 적도 없는 거야. 알아들었지? 명심하고, 지금 당장 나가서 처리해."

"아…!"

"이게 두 번째 계획이야. 정 실장을 시켜서 푼돈 좀 뜯어내는 것. 하지만 이것도 실패할 수 있지. 정 실장이 재량으로 30억 원을 처리할 수 없다거나, 근처에 정 실장 자체가 없거나."

"네."

"그렇게 되면 이제 마지막 계획이야. 두석규가 몸에 걸치고 있는 귀금속을 모두 풀어서, 나중에 네가 다시 찾을 수 있는 어딘가에 숨겨. 화장실이나, 급하면 창문 밖으로 던져도 좋아."

"아."

"근데 1분 안에 가능할까? 이건 정말 스피드가 생명이니까 기민하게 움직여야 해. 시계, 반지, 목걸이 세 곳을 바로 확인하라고."

김남우의 미간이 찌푸려졌다.

"어렵군요."

"그래. 그러니까 지금부터 몇 번이고 연습해야지. 〈007〉 제임스 본드처럼 신속해야 해. 눈을 뜨자마자 핸드폰을 찾고, 귀금속을 체크하는 동시에 주변 지형지물과 정 실장의 위치를 파악하고. 실행 우선순위는 내가 말한 순서대로."

표정이 굳은 김남우에게 남자가 정색하고 말했다.

"자네와 난 서로 윈윈인 거래를 한 거야. 그러니까 이 1분은 정말 최선을 다해 줘야 해. 자네가 쓸 두 번째 1분은 마음대로 하게 해 줄 테니까. 그 정도 도리는 알지?"

김남우는 무겁게 고개를 끄덕였다.

"알겠습니다. 주식 앱부터 연습하겠습니다."

그로부터 두 시간 동안 김남우는 필사적으로 연습했고, 경우의 수에 따라 행동할 수 있는 최선의 상태를 만들었다. 드디어 실행을 결심한 때, 남자가 김남우에게 안대를 건넸다.

"쓰게. 자네 몸에도 두석규가 들어올 테니까, 안전장치를 해야지."

"아아."

"침대 위에 눕게. 자네가 이 손가락을 꺾자마자 내가 자네 몸을 눌러 제압하겠네. 어쩌면 두석규는 갑자기 빈혈이 왔다고 착각할 수도 있겠지."

"알겠습니다."

김남우는 침대 위에 엎드린 상태로 안대를 썼다. 손에는 펼쳐진 원숭이 손가락 하나를 잡고 있었는데, 그의 등위에 올라탄 남자가 신호했다.

"연습한 대로 움직일 준비 됐지? 그럼 셋을 셀 테니까 그때 꺾게. 하나. 둘. 셋!"

김남우는 손가락을 꺾었고, 그 순간 어둠으로 가득 차 있던 그의 눈앞이 환해졌다. 달라진 풍경의 놀라움도 잠시, 김남우는 곧바로 실행에 옮기려 했다. 그러나 웬걸.

"윽!"

김남우는 아랫배에서 올라오는 극심한 통증에 움찔했다. 그제야 눈앞에 보이는 풍경은 변기 커버를 올리고 있는 본인의 모습이다. 두석규가 볼일을 보러 왔구나! 하필이 타이밍이라니. 김남우는 당장 화장실 밖으로 나가려 했지만, 인간의 원초적 본능이 그걸 막았다. 자기도 모르게 곧장 바지를 내리고 변기에 앉은 김남우는 볼일을 쏟아 냈다.

"아!"

홀가분함도 잠시, 대혼란에 빠진 김남우는 다급하게 바지 주머니에 손을 넣었다. 핸드폰이 잡히지 않았다.

"망할!"

그나마 다음 동작은 빨랐다. 뒤처리도 없이 화장실을 뛰쳐나가며 바지춤을 올렸다. 그리고 얼른 목을 더듬으며 손목과 손가락을 확인했다.

"아!"

명품 시계나 반지, 팔지 같은 귀금속이 전혀 없었다. 설상가상, 이곳은 또 어딘가? 회장인데 왜 개인 화장실이 아니고 건물 화장실에 있는 건가? 머릿속이 하얗게 변한 김남우는 유일하게 할 수 있는 걸 했다.

"정 실장! 정 실장 어딨나! 정 실장!"

김남우는 두석규의 몸으로 미친 듯이 정 실장을 부르며 회사 복도를 내달렸다. 그러나 사진으로 봤던 정 실장의 모습은 찾아볼 수가 없었다. 황금 같은 시간이 빠르게 지나가고 있었다.

같은 시각, 김남우의 몸에도 두석규가 들어와 있었다.

"뭐얏!"

침대 위 이불 속에서 버둥대는 김남우의 몸을 남자가 누르고 있다. 이대로 1분간 두석규를 제압하는 게 남자의 임무였지만, 남자는 그의 머리로 손을 뻗었다.

"안녕하십니까. 두석규 회장님?"

남자는 머리에 씌운 안대를 벗기고 그와 마주했다.

"뭣?"

남자의 손에는 거울이 들려 있었고, 거울 속 얼굴을 확인한 두석규의 눈이 커졌다.

"이게 뭐…!"

"혼란스러우실 겁니다. 설명해 드리고 싶지만, 시간이 얼마 없습니다. 나중에 설명하겠습니다. 제가 전화번호를 알려 드려도 어차피 외우지 못하시겠죠? 이것만 기억하세요. 하늘뱀. 유튜브에서 하늘뱀을 검색하시면 제 연락처를 알아내실 수 있습니다."

"뭔 소리야?"

"하늘뱀입니다. 유튜브에서 하늘뱀을 검색하세요. 그래야 저와 연락하실 수 있고, 이 상황을 이해하실 수 있습니다. 하늘뱀. 하늘뱀. 하늘뱀. 유튜브에서 하늘뱀."

찡그린 두석규의 눈빛이 흔들렸다. 남자는 단어를 주입하듯 몇 번이고 같은 말을 반복하다가, 55초쯤 됐을 때 다시 안대를 씌웠다.

"그럼 연락 기다리겠습니다. 하늘뱀입니다."

이윽고 5초 뒤, 남자에게 짓눌린 김남우의 고함이 들려왔다.

"정 실장! 정 실…? 아!"

김남우의 탄식과 함께 남자가 위에서 물러났다. 안대를 벗은 김남우는 당황한 얼굴로 남자를 돌아보았다. 남

97

자는 심각한 얼굴로 물었다.

"어떻게 됐어?"

"그게…."

면목이 없는지 눈을 피하는 김남우를 보며 남자는 탄식했다.

"아…."

"죄송합니다. 하필 화장실에서 바뀌는 바람에."

김남우가 변명을 쏟아내자, 남자는 한숨을 푹 내쉬며 고개를 저었다.

"재수가 없으려니. 어휴. 어쩔 수 없지."

남자는 김남우에게 말했다.

"실패했다고 해서 약속을 어길 순 없지. 어차피 내가 마지막 손가락으로 다시 한번 시도해 보자고 제안해도 자네 마음이잖나? 마지막 손가락을 꺾어서 자네가 하고 싶은 대로 복수하게."

"아…. 죄송합니다."

"보아하니 지금은 때가 안 좋아. 1분 안에 자살하는 것도 힘든 것 알지? 두석규의 스케줄을 보고 시간을 다시 잡자고. 조만간 연락하지."

"아, 네."

김남우는 차마 지금 당장 하고 싶다는 말을 못 했다.

홀로 호텔 방을 나선 남자는 핸드폰을 확인했다. 그가 기다리던 전화다. 그는 웃으며 통화 버튼을 눌렀다.

"안녕하십니까, 회장님!"

"이봐! 이게 도대체 어떻게 된 일이지?"

"뵙고 말씀드리는 게 좋을 것 같습니다. 아주 은밀히 말입니다."

"좋아, 지금 당장 와!"

"하하. 알겠습니다. 장소를 내주시면 제가 찾아가겠습니다."

몇 시간 뒤 저녁, 남자는 정 실장을 따라서 보근타워 회장실에 들어섰다. 정 실장을 자리에서 물리고 두석규와 단둘이 남은 남자는 원숭이 손에 관해 설명했다. 이야기를 들은 두석규의 표정이 구겨졌다.

"무슨 말도 안 되는 소리를….".

"하지만 실제로 경험하지 않으셨습니까?"

"참나!"

두석규가 마냥 부정하지 못할 때, 남자가 진지한 표정으로 이야기했다.

"아직 손가락은 하나 남았고, 그는 그 1분으로 회장님을 죽이려고 합니다."

"뭐? 이 미친!"

"하지만 그가 모르는 게 있습니다. 육체의 죽음과 영혼의 죽음이 같다는 걸 말입니다."

"뭐?"

남자는 의미심장하게 말했다.

"그가 만약 회장님의 몸으로 자살한다면, 그는 다시 돌아오지 못하고 그대로 죽습니다. 그러면 회장님은 그의 몸을 갖게 되는 거죠. 아주 젊은 20대 청년의 몸을 말입니다."

"뭐?"

"어떻습니까? 이제 곧 여든이지 않으십니까? 회장님의 그 늙은 육신을 버리고 20대 청년의 몸으로 두 번째 인생을 살아갈 기회입니다."

두석규의 눈동자가 흔들렸고, 남자는 가늘게 웃었다.

"제게 소정의 수고비만 챙겨 주시면 됩니다. 섭섭하지 않을 만큼만 말입니다."

두석규의 눈이 가늘어졌다.

"그 얘기, 자세히 좀 듣고 싶은데."

"얼마든지 가능합니다."

남자의 입꼬리가 길게 늘어났다. 자초지종을 자세히 설명한 남자는, 핸드폰을 꺼내 사진을 넘기며 보여 주었다.

"이 청년입니다. 목소리도 좋고 건강합니다."

두석규가 사진에 시선을 빼앗긴 동안 남자가 말했다.

"제가 시기를 조정할 수 있습니다. 재산 처리에 시간이 걸리실 테니 한 달 안에만 결정해 주시지요."

"으음."

두석규는 심각한 얼굴로 핸드폰을 돌려주며 말했다.

"좋네. 생각해 보도록 하지. 사진은 내게 보내 두게."

"알겠습니다."

남자는 자리에서 일어나 고개 숙여 인사했다.

"그럼 연락 기다리겠습니다."

남자가 떠난 뒤, 얼마간 고민에 잠겨 있던 두석규는 정 실장을 불렀다.

"내가 자산을 처리한다면 말이야…."

그로부터 불과 사흘 만에 남자를 다시 불러낸 두석규의 첫마디는 이러했다.

"얼마면 돼?"

남자는 미리 준비한 듯이 바로 액수를 말했다.

"100억 원입니다."

"염병! 소정의 수고비가 100억 원이야?"

두석규는 어이없어하면서도 고개를 끄덕였다.

"그 정도면 장난은 아닌 모양이야. 좋아 100억을 주지. 그래서?"

"감사합니다."

남자는 웃으며 말했다.

"준비된 날을 알려 주시면 제가 그 청년의 영혼을 보내겠습니다."

"그러면 그 청년이 내 몸으로 자살해서 죽고, 난 그 청년의 몸을 갖게 되나?"

"그렇습니다. 다만, 최악의 경우를 생각하셔야 합니다. 청년이 미숙해서 자살에 이르지 못하고, 심각한 부상만 입은 채로 1분이 지나는 경우 말입니다. 그럼 다시 원래대로 영혼이 돌아와서 회장님만 손해를 보게 되겠죠."

"뭐? 잠깐만! 그건 안 되지!"

"그래서 회장님이 즉사할 수 있는 환경을 만들어 주셔야 합니다. 제가 청년의 영혼을 보낼 때, 회장님은 베란다에 서서 계시지요. 그럼 청년은 곧장 밖으로 몸을 던질

1분만 조종할 수 있다면

겁니다. 무조건 즉사지요."

"오! 그래 보근타워에 적당한 베란다가 있지. 거기라면 무조건 즉사하겠군. 근데 만약 다른 방법을 선택할 변수는?"

"없습니다. 제가 청년을 유도할 수 있습니다. 어지간한 방법으로는 1분 안에 죽기가 힘드니까 베란다로 달려가 몸을 던지라고 말입니다."

"좋아. 그럼 보름 뒤로 날짜를 잡아."

"알겠습니다."

남자는 두석규와 합의한 뒤 청년을 찾아가 보름 뒤에 있을 결전의 날을 통보했다. 이윽고, 남자가 두석규와 약속한 날이 왔다. 남자는 김남우를 어느 아파트로 불러냈고, 베란다로 데려갔다.

"머릿속으로 확실히 연습했지? 베란다 보면서 그림을 잘 그려 봐."

"알겠습니다."

남자는 두석규에게 문자를 보냈다.

「1분 뒤에 실행할 겁니다. 베란다로 나가세요.」

이후 남자는 김남우에게 한쪽 손을 내밀었다.

"슬슬 시작할까? 두석규가 자네 몸에 들어올 테니까 한 손 먼저 나랑 깍지 끼고. 나머지 손은 자네가 원숭이 손가락을 꺾은 뒤에 내가 깍지 낄게."

"예. 알겠습니다."

두 사람이 손을 맞잡고 김남우가 준비를 끝내자 남자가 카운트했다.

"그럼 내가 하나 둘 셋을 외치지. 시작한다? 하나. 둘. 셋!"

김남우가 원숭이 손가락을 꺾자마자 남자가 손을 뻗어 그의 양손을 맞잡았다. 금세 눈빛이 돌변한 김남우가 고개를 좌우로 흔들었다.

"됐나? 됐어? 오! 자네!"

"오셨습니까 회장님? 네, 됐습니다."

"그래, 계획대로 잘됐군!"

김남우의 몸에 들어간 두석규가 환하게 웃자, 남자도 환하게 웃었다.

"맞습니다. 정말 계획대로 잘됐지요."

"그래, 그래! 이 손 좀 놔 보게. 내가 가질 몸이 어떤 몸인지 좀 만져 보자고."

두석규가 깍지 낀 양손을 빼려 했지만, 남자는 힘을 준

1분만 조종할 수 있다면

채 풀지 않았다.

"아뇨, 그럴 수는 없죠. 계획은 계속 진행되어야 하니까요."

"뭐? 헛!"

일순간, 남자가 두석규를 베란다 밖으로 끌어당겼다.

"뭔짓이야?"

두석규는 급히 몸을 낮추며 저항했지만, 남자는 절대 손을 놓지 않았다. 남자는 거칠게 두석규를 베란다 밖으로 당기며 말했다.

"두석규의 몸뿐만 아니라, 당신까지 죽어야 정 실장이 모든 돈을 빼돌릴 수 있지 않겠습니까?"

"뭐라고? 이런 개!"

"시간이 없습니다. 어서 떨어져 죽어 주시죠!"

"이거 놔! 놔!"

두석규는 온 힘을 다해 손을 빼려 했지만, 남자는 무슨 일이 있어도 깍지를 풀지 않았다. 두석규가 뒤로 주저앉아 발길질을 시작하자, 어쩔 수 없이 같이 주저앉은 남자가 두석규의 몸을 위에서 눌렀다.

"놓으라고! 이 씨!"

"절대 못 놓습니다!"

남자는 힘겹게 양손으로 두석규를 들어 올렸다. 두석규가 버둥거리며 어떻게든 깍지 낀 손을 빼내려 했지만, 남자가 이를 악물며 버텼다.

"1분이다!"

고통을 참으며 버틴 남자의 귓가에 곧 기다리던 외침이 들려왔다.

"하늘뱀!"

"아!"

남자는 그제야 깍지 낀 손을 풀며 주저앉았다. 기진맥진한 남자는 땀을 닦으며 물었다.

"아으! 손가락이야! 후, 어떻게 성공했나?"

김남우가 고개를 끄덕였고, 남자는 환하게 웃었다.

사실, 남자는 김남우에게도 원숭이 손의 비밀을 모두 알려 주었다.

"자네가 복수하기 전에 중요한 문제가 있어. 두석규의 몸으로 들어가서 자네가 자살하면 자네만 죽고 두석규는 자네 몸에서 살게 될 거야."

"뭐라고요?"

1분만 조종할 수 있다면

"그러니까 자넨 두석규에게 치명상만 입힌 채로 다시 영혼을 바꿔야 해. 하지만 그렇게 했을 경우 두석규가 다시 살아날 가능성도 있고, 치명상이 과하면 쇼크로 1분 안에 사망할 가능성도 있지."

"그럼 어떻게 해야 합니까?"

"그래서 내가 모든 설계를 끝내 놓았어. 자네가 두석규의 몸에 들어가면 바로 앞에 베란다가 보일 걸세. 자네가 할 일은 바로, 그 베란다 난간에 1분간 매달려서 버티는 일이야."

"아! 그러면 두석규가 놀라서 추락할까요?"

"그럼 추락할 수밖에 없지. 왜냐면…."

남자는 손가락을 주무르며 웃었다.

"필사적으로 손을 빼려던 두석규가 자기 몸으로 돌아갔을 때, 과연 어떻게 될까?"

남자의 예상대로, 본인의 몸으로 돌아간 두석규는 "놔라!"를 외치며 온 힘을 다해서 양손을 뒤로 빼고 있었다. 다음 순간, 두 눈이 휘둥그레진 두석규의 시야에 빌딩과 하늘이 점점 멀어졌다.

두석규 회장의 자살 소식이 전국을 강타하며 두 사람

의 계획은 비로소 완성됐다. 남자는 김남우와 축배를 들었다.

"이제 보근 주식이 폭락하겠지? 흐흐. 떼돈을 벌겠군. 자네에게도 섭섭하지 않게 떼어 주지."

"아, 예. 감사합니다."

김남우도 굳이 마다하지 않았다. 복수만으로도 충분했지만, 그도 역할을 충분히 했으니까. 베란다에 매달리기 직전, 김남우는 두석규의 SNS로 글을 올렸다.

「아! 보근은 이제 망했다. 버틸 수가 없다.」

SNS의 메시지와 두석규의 자살, 그가 자산을 처분하려 한 흔적까지. 그 삼박자 덕분에 보근의 주가는 폭락했다. 남자는 김남우에게 웃으며 말했다.

"내가 말했지? 1분만 있으면 세상도 다 빼앗을 수 있다고."

돈을 버는
사람은 누구인가

"로또 당첨되게 해 주세요."

연못에 동전을 던진 김남우는 눈을 감고 소원을 빌었다. 그 순간, 현기증이 느껴지며 천둥 같은 물소리가 들려왔다.

"로또 당첨? 안 될 건 없지."

"헛?"

눈을 뜬 김남우는 자신이 물속에 잠겨 있음을 알게 되었다. 놀라 허우적댔지만, 수면까지의 거리는 아득했다. 마치 그의 몸이 아주 작아져서 연못 바닥에 놓인 느낌이었다. 빠져나가려고 버둥거리던 그때, 목소리가 다시 들려왔다.

"이봐. 그만 정신 차리고. 숨도 잘 쉬어지면서 왜 그래? 우리 소원에 대해서 말해 보자고. 로또 당첨."

"엇!"

그제야 김남우는 자신의 앞에 선 한 청년을 바라보게 되었다. 녹색 천으로 된 로브를 입은 청년은 장난기 가득한 미소를 짓고 있었다.

"이, 이게 어떻게 된 겁니까?"

"'어떻게'라니? 네 소원을 이루어 주기 위해서 너를 내 세계로 불러온 거지. 제자리로 돌려보낼 테니까 너무

겁먹지 말고."

"제 소원을….'"

"이 동전 네가 던진 거 아니야? 로또 당첨되게 해 달라며?"

청년의 손에 들린 동전을 본 김남우는 고개를 끄덕이며 바보처럼 물었다.

"시, 신령님입니까?"

"그렇게 생각해도 좋지만, 장난의 신 로키의 후예라고 소개할까?"

"장난의 신이요? 그게 무슨….'"

"네 로또 당첨 소원을 들어주긴 할 건데, 약간 재미있게 이루어 준다는 거지.'"

"로또 당첨을요?"

두 눈이 휘둥그레진 김남우는 가슴이 뛰기 시작했다. 상황을 파악하면 할수록 이건 엄청난 행운이었다.

"정말 로또 당첨을요?"

"네게 선택지를 줄 거야. 잘 들어.'"

청년은 김남우의 말을 막고 말했다.

"만약 네가 수락하면 넌 1년에 한 번씩 로또 1등에 당첨될 거야."

"저, 정말입니까?"

"단! 매년 15억 원씩 내게 바쳐야 해."

"뭐라고요? 15억 원을요?"

"이게 재밌는 점이지."

청년은 즐거워하며 설명했다.

"최근 몇 년간 로또 1등의 평균 당첨 금액은 약 24억 원이야. 세금을 제한 평균 실수령액은 16억 4000만 원 정도지. 내게 15억 원을 바쳐도 넌 1억 4000만 원을 버는 거야. 그런데 만약 당첨자가 적어서 1등 당첨 실수령액이 40억 원이 되면? 넌 25억 원을 버는 거지. 그런데 만약 당첨자가 너무 많아서 실수령액이 10억 원이면? 그러하더라도 넌 어떻게든 15억 원을 만들어서 내게 바쳐야 해."

"헐…."

"맞아. 이건 도박이지. 그런데 네게 유리한 도박이야. 평균 실수령액이 16억 4000만 원이니까, 평균만 해도 넌 매년 1억 4000만 원을 버는 거지. 그리고 1년 중 당첨일도 네가 선택할 수 있어. 자, 이제 결정해. 매년 복권에 당첨될래? 아니면 없던 일로 하고 그냥 돌아갈래?"

김남우는 이 제안의 위험성을 침착하게 생각해 보았다. 그는 물었다.

"만약 제가 15억 원을 못 바치면 어떻게 되는 겁니까?"

"아! 중요한 걸 말 안 했네. 그해 마지막 날까지 15억 원을 못 바치면, 네 목숨을 가져갈 거야."

"아, 아니?"

"그리고 이 제안을 받아들이는 순간, 쉬는 해는 없어. 평생 매년 로또 1등에 강제로 당첨되어야만 해."

"으음···."

김남우는 신중히 고민했다. 청년은 지루해하며 재촉했다.

"그래서, 할 거야 말 거야?"

"아무런 조작을 하지 않겠다고 약속하신다면···."

"이봐, 그게 얼마나 재미없는 일인지 알고나 하는 말이야? 오직 너 하기에 달렸어."

"알겠습니다. 제안을 받아들이겠습니다."

"하하. 그럴 줄 알았어. 이 정도 절박함도 없이 로또 당첨을 소원으로 빌었겠어?"

말 그대로였다. 김남우는 로또라도 당첨되지 않으면 인생 역전이 불가능하다고 생각했다.

물살을 가르며 명함 한 장이 김남우에게로 날아왔다.

그 명함에는 '김남우'라는 이름과 한 은행의 계좌번호가 적혀 있었다.

"네 새로운 통장이야. 로또가 당첨되고 싶은 주에 그 계좌번호로 18원을 입금해. 그다음 로또를 자동으로 사면 당첨 번호가 찍힐 거야. 참, 당연히 꼼수는 안 돼. 같은 번호로 여러 장을 산다거나, 다른 사람에게 번호를 알려 주는 순간 넌 심장마비로 사망할 거야."

"아…. 예."

"당첨금 수령도 그 통장으로 해. 연말까지 그 통장에 15억 원 이상이 들어 있어야 해. 안 그러면 12시가 지나자마자 심장마비로 사망할 거다. 그럼, 잘 가."

김남우는 다시 눈앞에 현기증이 일어났고, 물살이 빠르게 흘러가는 소리를 들었다. 다시 눈을 떴을 때, 그는 연못 앞에 서 있었다. 명함을 손에 쥔 채로.

*

김남우는 지난 며칠간 몹시 흥분했지만, 최대한 침착하려 애썼다. 그가 가장 먼저 한 일은 역대 로또 당첨금 액수를 알아보는 것이었다.

"1등 최저 당첨금이 4억 500만 원이라고? 미친!"

상상만 해도 눈앞이 아찔해졌다.

"다섯 명이 당첨되면 43억 원 정도인가? 15억을 빼도…."

상상만으로도 행복했다. 종이를 펼친 김남우는 당첨자 수를 계산해 보았는데, 그 신의 말대로 자신에게 유리한 조건이었다. 회차당 평균 당첨자 수가 열 명인데, 평균만 해도 돈을 벌었다. 만약 평균보다 한 명이 추가된다고 해도 15억은 나오기 때문에 본전치기였다. 반면, 평균보다 한 명만 줄어도 이익은 극대화된다. 문제가 있다면….

"당첨자 수를 어떻게 예상하느냐고! 로또 번호 맞히는 거랑 똑같잖아 이거!"

언제 로또를 사야 할까? 김남우는 너무 고민됐다. 결국, 김남우는 지난 1년간 당첨자 수를 주식처럼 차트로 만들어 보았다. 그 결과는?

"개판이네 진짜! 주식도 이딴 주식이 어딨어?"

연구해 봤자 답이 없단 걸 깨닫기까지는 오랜 시간이 걸리지 않았다. 어서 당첨되고 싶다는 욕망이 컸기 때문이다. 로또 1등 당첨자가 열두 명이 나왔다는 소식을 들

돈을 버는 사람은 누구인가

은 토요일에 김남우는 각오를 다졌다. 그다음 수요일, 김남우는 그 계좌로 18원을 입금했고 자동으로 로또를 구매했다. 여느 때와 같이 습관적으로 구매했지만, 이번 다섯 줄의 자동 번호에는 로또 1등 번호가 존재할 터였다. 이 사실은 김남우를 흥분하게 했다. 목숨처럼 로또 용지를 귀중히 보관했다. 실제 목숨이기도 했다. 그걸 잃어버려 수령금을 타지 못하면 심장마비로 죽을 테니까.

이윽고 토요일, 김남우는 원룸 집에서 혼자 로또 추첨 생방송을 지켜보았다. 화면에서 당첨 공이 굴러 나올 때마다 연필로 번호를 하나하나 체크했다. 순서대로 하나씩 여섯 개를 채워 나가는 그 느낌은 정말 평생 경험해 보지 못했던 최고의 짜릿함이었다. 약속대로, 그는 로또 1등에 당첨되었다.

"으아아아!"

떨 듯이 기뻐하는 것도 잠시, 현실을 깨달은 김남우는 급히 인터넷으로 당첨자 수를 검색했다. 결과가 나오기까지 초조한 시간이 이어졌다. 이윽고, 기쁨의 함성은 절망의 비명이 됐다.

「당첨자 수 15명. 1등 15억 9612만 원.」

"이게 말이 돼?"

세금을 제하면 실수령액이 11억 원에 불과했다. 신에게 바쳐야 할 15억 원 중 4억 원을 그가 채워야 한다는 말이었다. 김남우는 정신이 나갈 것 같았다. 왜 하필 내가 산 주에 당첨자가 열다섯 명이나 나온단 말인가.

"악! 아악! 아아악!"

마음 같아선 로또 용지를 찢어발기고 싶었지만, 그러면 11억 원조차 없다. 김남우는 월요일까지 식음을 전폐하고 끙끙 앓았다. 다가온 월요일, 김남우는 1등 당첨금을 수령하기 위해 은행에 찾아갔다. 그의 얼굴은 내내 죽을상이었다.

"1등 당첨 정말 축하드려요!"

은행 직원의 축하에도 김남우는 울컥했다. 뭘 축하한단 말인가? 빚이 4억 원인데! 김남우는 아마 역대 1등 당첨자 중 가장 우울한 얼굴로 당첨금을 수령했을 것이다. 이후, 김남우가 생각지도 못한 말도 안 되는 부작용이 하나 더 기다리고 있었다.

"남우야! 로또 1등 당첨됐다며!"

어디에도 말한 적이 없는데, 도대체 어떻게 소문이 났을까? 김남우는 도저히 이해할 수가 없었다. 어느새 그의 주변은 한턱내라는 사람들로 가득해졌다. 오히려 4억 원을 빌려야 할 판국에 이게 무슨 일이란 말인가? 김남우는 당연히 주변에 큰돈을 쓸 수 없었고, 그건 그에 대한 악의적인 평가로 돌아왔다.

"로또 1등 당첨되니까 인간성이 나오네."

"그러니까. 저런 인간인 줄 몰랐어, 정말."

미치고 펄쩍 뛸 것 같다는 게 딱 맞는 심정이었다. 김남우는 뼈저리게 후회했다. 왜 그 망할 신의 제안을 받아들였을까? 일확천금에 눈이 멀었던 자신을 저주했다. 김남우는 임시방편으로 원래 빚이 15억 원이 있었다고 말했지만, 누구 하나 믿어 주지 않았다. 요즘은 빚도 돈이 많아야 낼 수 있다는 걸 모르는 사람이 없었다. 차라리 신과 관련된 모든 걸 솔직하게 털어놓을까 고민했지만, 지금 먹는 욕에 미친놈이란 내용만 추가될 것 같았다.

결국, 가장 무난한 변명은 모든 돈을 투자 중이라 유동 자산이 없다는 이유였다. 그건 실제 계획이기도 했다. 어차피 연말까지는 11억 원이란 돈을 굴릴 수 있지 않은가? 그걸 굴려서 15억 원만 만들면 간단한 문제였다. 김남우가 가장 먼저 떠올린 투자처는 비트코인을 비롯한 가상화폐 시장이었다. 잘만 하면 두 배도 우습다는 코인

판이 아닌가! 다른 투자처로 주식도 떠올렸지만, 주식으로 과연 50퍼센트 수익률을 낼 수 있을지 의문이었다. 결국, 김남우는 가상화폐 시장에 뛰어들기로 했다. 그렇다고 아무렇게나 투자할 수는 없는 일, 코인 커뮤니티를 돌아다니며 공부를 시작했다.

"김프가 뭐야? 김프⋯. 김치 프리미엄? 우리나라가 더 비싸다고? 왜 비싸?"

막연하게 뉴스에서나 보던 코인 판은 알면 알수록 복잡했다. 심지어 이 바닥은 공부가 안 통하는 듯했다. 열심히 공부한 사람보다, 아무 생각 없이 이름이 예뻐서 산 사람이 더 돈을 번다지 않는가.

"미치겠네 진짜⋯."

돈에 목숨이 걸린 김남우는 정말 간절했다. 근데 김남우가 느끼기에 코인 판은 죄다 목숨을 걸고 하는 듯했다. 코인 참여자들의 다수가 코인에 인생을 걸고 있었다. 그들보다 더 간절해지기 위해서 김남우가 최종적으로 찾아낸 곳은 일명 '코인 리딩방'이었다. 회원비만 50만 원인 이곳이라면, 다른 참여자들과 차별화될 수 있을 것 같았다.

「보그나르 코인 사세요. 보그나르 코인 오릅니다.」

단톡방에서 처음 리딩 정보를 받아 본 김남우는 먼저 1억 원만 투자했다. 11억 원 전부를 넣기에는 무서웠다. 한데, 불과 하루 만에 그 결정을 후회했다.

「제가 오른다고 하지 않았습니까?」

보그나르 코인에 넣었던 1억은 하루 만에 1억 1천만 원이 되어 있었다. 김남우는 단톡방에서 다급하게 물었다. 사실, 모두가 똑같이 물었다.

「지금 더 사도 되나요? 더 오를까요?」

「더 오릅니다. 더 사세요.」

김남우는 보그나르 코인에 5억 원을 더 투자했다. 불과 몇 시간 만에 10퍼센트가 더 올랐고, 그걸 본 김남우는 전 재산을 보그나르 코인에 넣었다. 그러나, 그때부터 보그나르 코인의 상승세가 지지부진해졌다. 한시도 코인 차트에서 눈을 뗄 수가 없었다. 잠들기도 힘들었다. 사흘이 지나자, 보그나르 코인이 하락하기 시작했다. 당연하게도 코인 리딩방은 아수라장이 됐다.

「왜 계속 떨어지죠?」

「반등을 위한 건강한 조정입니다. 320 찍고 다시 반등할 겁니다.」

김남우는 애가 타들어 간다는 표현을 몸으로 체감했

다. 넣어 두었던 11억 원은 어느새 10억 5000만 원까지 떨어져 있었다. 돈이 돈처럼 보이질 않아서 그렇지, 5000만 원이 증발해 버린 거다. 그가 5000만 원을 노동으로 벌려면 몇 년을 모아야 하는가? 그게 고작 며칠 만에?

「저 정말 죽을 것 같아요. 버티면 올라가죠? 정말 버티면 오르죠?」

「무조건 오릅니다. 존버.」

계속 내려가는 가격 속에서, 김남우는 수백만 번 고민했다. '지금이라도 팔까? 버틸까? 팔까? 버틸까?' 하지만 본전은 찾아야 한다는 생각이 팔지 못하게 막았다. 그게 최악의 결과로 돌아왔다. 하루 만에 그의 원금은 9억 원까지 떨어져 버렸다. 며칠 새에 2억 원을 날린 거다.

「왜 자꾸 떨어집니까!」

「건강한 조정이라니까요. 지금 연준 발언 때문에 대장 코인도 같이 떨어지고 있습니다. 우리나라는 김프 빠지느라 더 빠진 건데, 어차피 코인은 반등합니다. 대장 오를 때 보그나르는 두 배 속도로 오를 겁니다.」

김남우는 과연 이 코인 리딩방을 계속 믿어야 할까 고민했다. 하는 말을 들어 보면 그럴듯해 보이지만, 과연 그런 합리적인 이유란 게 코인 판에 있을까? 코인 커뮤

돈을 버는 사람은 누구인가

니티를 돌아다녀 봐도 답이 안 나왔다. 게시물의 내용들은 공감이 갔다. "왜 내가 살 때만 떨어지냐고!", "돔황챠!", "앨론 마스크 개새!" 눈이 시뻘게져서 종일 스마트폰만 바라보던 김남우가 보그나르 코인을 팔기로 한 것은, 원금이 8억 원까지 떨어진 뒤였다.

「네 말만 듣다가 이 새끼야!」

김남우는 리딩방에 종일 쌍욕을 퍼부었고, 강제로 쫓겨났다. 분노한 그는 당장 회원비 환불을 요구하며 난리를 쳤지만, 그러고만 있기에는 그의 상황이 다급했다. 어떻게든 원금을 복구해야 했다. 김남우는 다시 돈을 넣을 코인을 찾아다녔고, 결국 대장이 근본이란 생각으로 비트코인에 올인했다. 하늘이 그를 버리지는 않은 걸까? 비트코인이 오르기 시작했다. 하지만, 올라도 기분이 나빴다. 보그나르 코인도 같이 올랐기 때문이다. 심지어 오르는 비율도 훨씬 높았다. 김남우는 땅을 치고 후회했다. 리딩방의 말이 모두 맞았는데 내가 멍청했구나! 김남우는 다시 리딩방에 들어가기 위해서 사정사정하며 사과했고, 겨우 다시 리딩방에 입장했다.

「보그나르 지금 올라타도 안 늦었을까요?」

「조금 늦긴 하셨지만, 이제 상승장 시작입니다. 지금

타도 먹을 거 많으니 어서 타세요.」

「네! 감사합니다!」

김남우는 다시 전 재산을 보그나르 코인에 올인했다. 하지만 귀신같이 그때부터 상승세가 지지부진해졌다. 오르고, 내리고, 오르고, 내리고, 오르고, 내리고…. 김남우가 석 달간 코인 판에 몸을 담근 최종 결과는 8억의 원금이었다. 그동안 그는 폐인이 되었고, 정신적으로도 병원의 도움이 필요한 상태가 되어 있었다. 자신이 공공 장소에서도 욕을 혼잣말로 습관처럼 한다는 걸 깨닫게 된 순간, 김남우는 화들짝 놀라서 코인을 접었다.

3억 원을 날린 김남우는 어디서부터 잘못됐을까 생각했다. 아무리 생각해도 코인 리딩방에 들어간 게 모든 문제의 시작이었다. 그곳에 화풀이라도 해야 직성이 풀릴 것 같았다. 거의 집착에 가까운 끈질김으로, 김남우는 리딩방 주인과 개인적인 메시지를 주고받을 수 있었다. 환불이고 뭐고 분풀이나 실컷 할 생각이었는데, 오히려 분이 쌓였다.

「제가 처음에 말하지 않았습니까? 투자는 자기 선택입니다. 저는 조언만 할 뿐, 최종적으로 자기가 결정한 이상 그 책임도 자기가 져야지요.」

「그게 말이야 뭐야! 아니 그럼 왜 리딩방인데! 왜 돈을 받냐고!」

「정보를 드리는 겁니다. 정보의 해석은 각자의 역량에 따른 것이지요.」

「이 미친 새끼가 말이면 다인가 진짜!」

김남우는 뻔뻔한 상대의 태도에 어이가 없었는데, 더 어이가 없는 말이 기다리고 있었다.

「착실하게 좀 사세요.」

「뭐? 뭐라고?」

「별다른 노력도 없이 일확천금만 노리니까 그런 사달이 나는 거 아닙니까? 이번 일을 교훈 삼아서 정직하고 착실하게 사시길 바랍니다.」

「이 미친 새끼가!」

「내가 왜 리딩방을 하는 줄 아십니까? 착실하게 돈을 벌기 위해섭니다. 저는 코인 같은 거 안 합니다.」

「뭐라고 이 새끼야?」

「앞으로는 착실하게 사세요.」

그대로 메신저가 차단되었고, 울분에 찬 김남우는 비명을 질러댔다. 김남우는 살면서 정말 이 정도로 인간에게 살의를 느낀 적이 없었다. 며칠이 지나도 그의 분은 풀리지 않았다. 어느 정도냐면, 연못에 가서 동전을 던지고 그 새끼를 죽여 달라고 소원을 빌기도 했다. 다만 그가 연못에서 깨달은 건, 올해 마지막 날까지 채 한 달도 남지 않았다는 현실이었다.

김남우는 살기 위한 최후의 수단을 쓰기로 했다. 일단 주택 매매를 핑계로 은행 대출을 받아서 연말만 넘기고, 연초에 바로 로또에 당첨되는 거다. 그럼 당장 1년은 벌 수 있었다. 그에게 다행인 뉴스도 있었다. 최근 사람들이 로또를 많이 사면서 판매량이 늘고 있다는 기사였다. 점점 일확천금에 기댈 수밖에 없어지는 이 시대가 그에게는 이득으로 작용했다.

"차라리 로또 광풍이 불면 얼마나 좋을까?"

김남우는 자신이 할 일이 코인 투자 따위가 아니라, 로또를 홍보하는 일이란 걸 깨달았다. 그럴 방법이 없다는 게 문제지만.

"어? 잠깐만…."

한 가지 생각을 떠올린 김남우의 두 눈이 요동쳤다.

새롭게 사들인 아파트 거실에서 한강 야경을 내려다 보던 김남우는, 계속 울려대는 메신저 알람에 지겹다는 듯 핸드폰을 집어 들었다.

「환불해 줘! 당신 말대로 된 경우가 없잖아 이거!」

김남우는 한숨을 내쉬었지만, 어차피 토요일마다 있는 일이었다. 그가 '로또 리딩방'을 운영한 이후로 말이다. 김남우의 로또 리딩방 회원비는 100만 원이었다. 그런데도 회원은 1만 명이 넘었다. 역사상 가장 충격적인 마케팅 덕분이다.

"저는 수십 년간 로또 연구만 했습니다. 이번 주에 저는 무조건 로또 1등에 당첨됩니다. 만약 로또 1등에 당첨되지 못한다면, 광화문에서 이 현금 다발 10억 원을 뿌리겠습니다!"

당연히 김남우는 그 주에 로또 1등에 당첨됐다. 심지어 이 마케팅은 매년 가능했으니, 그의 로또 리딩방은 대박이 날 수밖에 없는 구조였다.

메시지를 확인한 김남우는 귀찮다는 얼굴로 답신을 입력했다.

「제가 처음에 말하지 않았습니까? 투자는 자기 선택입니다. 저는 조언만 할 뿐, 최종적으로 자기가 결정한 이상 그 책임도 자기가 져야지요. 제가 왜 리딩방을 하는 줄 아십니까? 착실하게 돈을 벌기 위해섭니다. 일확천금 같은 걸 노리지 말고 착실하게 돈 벌 생각하세요.」

돈을 버는 사람은 누구인가

어차피 과거로
돌아갈 거면

손에 약도를 든 김남우가 편의점 건물 2층을 힐끔거
렸다.

"여기가 맞나?"

고개를 갸웃한 그는 계단을 올라 2층의 문을 두드렸다.

"네. 들어오세요."

문 너머 사무실 안에는 세 사람이 있었다. 이곳의 주인
인 듯한 양복 차림의 사내가 책상 뒤에 앉아 있었고, 손
님으로 보이는 두 사람이 의자에 앉아 김남우를 돌아보
고 있었다. 사내는 김남우에게도 자리를 권했다.

"오셨군요. 이리 앉으시죠."

김남우가 착석하자 사내가 말했다.

"모두 오셨으니 이제 슬슬 시작해 볼까요?"

사내는 세 사람을 한 명씩 바라보며 말했다.

"최무정 씨, 2년 전 동업자에게 빌려준 1억 원을 못 받
고 있지요? 홍혜화 씨는 반년 전 이모에게 빌려준 500만
원을 못 받고 있지요? 김남우 씨는 1년 전에 친구에게 빌
려준 3000만 원을 못 받고 있지요?"

각자의 이름이 불리자 움찔한 세 사람은 서로를 힐끔
거렸다. 곧, 최무정이 급한 목소리로 전단을 흔들었다.

"정말 떼인 돈을 받아 주는 겁니까?"

다른 두 사람의 눈동자도 급히 사내를 쫓았다. 한데, 사내는 어깨를 으쓱했다.

"제가 언제 떼인 돈을 받아 준다고 했습니까? 돈을 못 받은 분을 구제해 드린다고만 했지요."

"뭐요?"

"여러분의 공통점이 뭔 줄 아십니까? 이런 말을 했다는 겁니다. '내가 시간을 되돌릴 수만 있다면 절대 돈을 빌려주지 않겠다'라고."

사내는 눈을 빛내며 의미심장하게 말했다.

"여러분의 시간을 되돌릴 수 있습니다."

"뭐?"

"백문이 불여일견, 직접 보는 게 낫겠죠?"

사내가 책상 위에 있던 사과를 가리켰다. 그 순간, 사과의 시간이 거꾸로 흐르기 시작했다. 점점 크기가 작아지더니 끝내는 사과꽃으로 변했다. 그 모습을 본 세 사람이 경악하자, 사내가 웃으며 말했다.

"보시다시피 제가 시간을 좀 다룰 줄 압니다. 시간을 되돌릴 수만 있다면 절대 돈을 빌려주지 않겠다고요? 그렇게 하시죠. 제가 시간을 되돌려 드리겠습니다."

최무정이 떨리는 목소리로 물었다.

어차피 과거로 돌아갈 거면

"다, 당신 정체가 뭐야?"

"글쎄요? 악마? 외계인? 마법사? 초능력자? 편한 대로 생각하시죠. 그것보다 지금 중요한 건 여러분께 기회가 생겼다는 겁니다. 돈을 빌려준 그 날로 돌아가서 번복해야 하지 않겠습니까?"

"으음….'"

"단! 조건이 있습니다. 실행일은 1년 뒤입니다. 만약 여러분이 1년 뒤에도 여전히 빚을 돌려받지 못한다면 아무 조건 없이 시간을 되돌려 드릴 겁니다. 하지만 1년 안에 빚을 돌려받는다면, 그 돈은 제게 주셔야 합니다."

"뭐야?"

"원치 않으신 분은 지금 이 방을 나가시면 됩니다. 어떻게 하시겠습니까? 이 도박을 받아들이겠습니까?"

세 사람의 눈빛이 흔들렸다. 그들의 판단을 기다리던 사내는 책상 위 사과꽃의 시간을 다시 되돌리며 놀았다. 그 모습은 셋을 움찔하게 했고, 심각하게 고민하게 했다. 김남우는 3000만 원을 빌려준 친구를 떠올려 보았다. 사정 좀 봐 달라는 말을 입에 붙이고 살면서, 자기 쓸 건 다 쓰는 그 새끼. 그 새끼가 1년 안에 빚을 갚을까? 갚지 않을 게 뻔했다.

"저는 받아들이겠습니다."

과감한 김남우의 결정에 다른 두 사람은 놀랐다. 사실, 김남우가 그런 결정을 한 것에는 다른 속내도 있었다. 돈을 빌려줬던 1년 전으로 돌아갈 수 있다면, 단순히 돈을 빌려주지 않는 것으로 끝낼까? 아니다. 비트코인과 주식! 1년 전으로 돌아갈 수만 있다면 정말 떼돈을 벌 수 있다. 잠시 뒤, 최무정과 홍혜화도 제안을 받아들이기로 했다. 그 결정을 반긴 사내가 셋에게 말했다.

"이렇게 참여해 주시니 무척 기쁘군요. 특별히 서비스를 드리죠. 세 분의 돈을 제가 모두 따는 건 너무하니까요. 만약 두 분이 1년 안에 빚을 돌려받는다면, 남은 한 사람은 아무 조건 없이 그냥 과거로 보내드리겠습니다. 좋습니까?"

"아, 네. 감사합니다."

자신도 모르게 감사하다고 속내를 털어 버린 김남우를 사내가 의미심장한 눈웃음을 치며 바라보았다. 그 눈빛에 김남우가 고개를 갸웃할 때, 사내가 셋 모두를 보며 말했다.

"당연한 말이지만, 자신의 채무자와 수작을 부리는 건 금지입니다. 1년 동안 갚지 말라고 말한다거나 돈을 갚는다는데 괜찮다고 거절한다거나."

"으음…."

"여러분은 이 비밀을 지키고, 채무자에게 지금까지와 똑같은 태도를 보여야만 합니다. 제가 항상 감시할 겁니다. 만약 조금이라도 어긴다면?"

사내는 책상 위 사과를 가리켰다. 사과는 순식간에 썩어 문드러지더니, 가루가 되어 사라졌다. 셋의 표정이 창백해졌고, 사내는 기대한다는 듯 웃었다.

"그럼, 지금부터 1년을 카운트하겠습니다. 여러분이 부디 빚을 돌려받지 못하길 응원합니다."

*

편의점을 떠나 집으로 향하는 길, 김남우는 갑자기 걸려 온 전화에 움찔 놀랐다. 3000만 원을 빌려 간 친구, 공치열의 전화였다. 이 공교로운 타이밍은 뭐란 말인가? 설마 돈을 갚겠다고 하는 건 아니겠지?

"남우야 뭐 하냐?"

"어? 어어, 그냥 집에 가는 길이다. 근데 갑자기 어쩐 일이냐…?"

"어, 다름이 아니고⋯."

김남우의 심장이 미친 듯이 뛰었다.

"너 넷플릭스 계정 있지 않냐?"

"뭐?"

"아니, 혹시 넷플릭스 계정 공유 좀 가능한가 싶어서."

김남우는 돈을 갚겠다는 연락이 아니었음에 안도하면서도, 한편으론 피가 거꾸로 솟는 기분이었다. 이 새끼는 정녕 양심이란 게 존재하는 것일까?

"인마 나도 끊은 지 오래야!"

"어어, 그래? 알았다⋯. 저녁은?"

"먹어야지."

"그래, 맛있는 저녁 먹어라."

전화를 끊고 핸드폰을 바라보는 김남우의 입꼬리가 비틀렸다. 역시, 이 새끼는 절대 돈을 갚을 놈이 아니다. 1년이라고? 10년도 안심할 수 있었다. 집에 도착한 김남우는 상상의 나래를 펼쳤다. 1년 전으로 되돌아간다면? 비트코인, 주식, 로또. 수백억 자산가가 그저 꿈이 아니다.

"어? 잠깐⋯."

시간을 되돌리는 게 확정이라면 앞으로의 1년은 의미

어차피 과거로 돌아갈 거면

가 없지 않을까? 1년간 열심히 돈을 벌어도, 무소용이 아닌가? 오히려 돈을 펑펑 쓰는 게 이득이다. 어차피 되돌아갈 거니까! 빚까지 내서 온갖 사치를 부려도 된다.

"아니지. 그러다가 공치열 이 새끼가 미쳐서 돈을 갚으면….'"

김남우는 그럴 가능성이 없다고 생각하면서도 불안한 마음이었다. 하지만 앞으로 1년간은 뭘 해도 의욕이 없을 것 같긴 했다. 어차피 과거로 돌아가면 없었던 일이 될 테니까.

"근데 이 새끼 정말 갚는 건 아니겠지? 절대 갚으면 안 되는데….'"

김남우는 확실한 방법을 궁리했다. 안 갚아도 된다고 눈치를 주는 것은 왠지 사내에게 걸릴 것 같고, 연락을 피하는 것 정도는 가능할까? 이리저리 생각하던 김남우는 벼락을 맞은 것처럼 아이디어가 떠올랐다. 사내가 했던 말이 있지 않은가?

"1년 안에 두 사람이 빚을 돌려받으면, 나머지 한 명은 그냥 보내 준다고 했지!"

그제야 김남우는 그 말을 하던 사내의 눈빛이 의미심장했던 이유를 알 것 같았다. 그건 서비스가 아니었다.

이걸 눈치챈 사람에게 기회를 주는 것이었다. 김남우의 머릿속에 빠르게 계획이 세워지기 시작했다. 만약 내가 그들의 채무자를 만나서 돈을 대신 갚아 준다면? 이건 규칙 위반이 아니다. 오히려 그 악마 같은 사내는 이 점을 노렸으리라!

"그 아저씨가 1억 원, 그 여자가 500만 원이었지?"

어차피 과거로 돌아갈 수만 있다면 지금의 돈은 의미가 없었다. 빚을 내서라도 그들의 돈을 먼저 갚게만 하면 된다. 죄책감? 어차피 과거로 돌아가면 그들과 나는 만난 적도 없는 사이가 된다. 아니 어쩌면, 과거로 돌아가서 그들에게 조언도 해 줄 수 있다. 절대 돈을 빌려주지 말라고 말이다. 이건 정말 완벽한 계획이었다. 김남우는 다른 사람들이 눈치 채기 전에 먼저 움직여야 한다고 판단했다.

당장 편의점으로 달려간 그는 사내에게 자신의 계획을 문의했다.

"그래서, 해도 됩니까?"

"자신의 채무자와 짜는 것만 아니라면 무엇이든지 가능합니다."

　　　　　　　　어차피 과거로 돌아갈 거면

예상한 대답을 얻은 김남우는 기뻐하며 물었다.

"그들의 채무자가 누구입니까?"

"그건 동의 없이 알려드릴 수 없습니다. 민감한 개인 정보니까요."

"으음…. 그럼 아까 그 두 분의 이름은요? 이름은 아까도 알려 주셨지요? 제가 기억을 못 하는데,"

"최무정 씨와 홍혜화 씨입니다."

편의점을 나선 김남우는 곧바로 SNS에 접속해서 두 사람을 검색했다. 천운으로 두 사람 모두 SNS를 활발하게 하고 있었다. 김남우는 곧장 흥신소에 의뢰했다.

"이 두 사람의 채무자가 누군지 알아내 주세요. 무엇보다 결코 티 나지 않아야 합니다. 이 남자는 1억 원을 동업자에게 빌려줬고, 이 여자는 500만 원을 이모에게 빌려줬습니다."

흥신소 사내가 작업에 착수한 동안, 김남우는 현금을 마련했다. 상황상 제4금융권을 이용한 대출밖에 방법이 없었다.

"그래. 과거로 돌아가면 다 없었던 일이 되니까 뭐…. 현재는 뭘 해도 상관없어."

김남우는 정말 스스로도 신기할 만큼 빠르게 행동했

다. 살면서 이렇게 열정적이었던 적이 없는데, 기세를 탔다고밖에 설명할 수가 없었다. 그는 이틀 뒤 한 중년 여자와 마주했다.

"반년 전에 홍혜화 씨에게 500만 원을 빌리셨지요? 아, 저는 추심업자가 아니니까 그렇게 경계하실 것 없습니다. 자 이걸 받아 주시죠. 현금 500만 원입니다."

김남우는 그녀에게 현금을 보여 주며 생각해 둔 거짓말을 던졌다.

"저는 혜화 씨를 짝사랑하고 있습니다. 그녀가 빌려준 돈을 받지 못해 괴로워하는 모습이 싫습니다. 제가 그 돈을 대신 준다고 해도 근본적인 괴로움은 사라지지 않겠죠. 가장 좋은 방법은 이모님께서 혜화 씨에게 돈을 갚는 겁니다. 그럼 혜화 씨는 진심으로 편안해질 수 있을 겁니다. 이 돈을 그냥 드릴 테니, 혜화 씨에게는 비밀로 하고 갚아 주세요."

김남우는 이런 채무자들의 특성을 잘 알고 있었기 때문에 한 가지 말을 덧붙였다.

"도와주신다면 사례비로 100만 원을 더 드리겠습니다. 도와주시겠습니까?"

예상대로, 거절할 이유가 없었던 그녀는 흔쾌히 수락

어차피 과거로 돌아갈 거면

했다.

"어머! 우리 혜화는 정말 복 받았네! 그래요, 기꺼이 도와줄게요."

"감사합니다."

다음 날, 김남우는 그녀가 홍혜화에게 돈을 갚는 걸 확인했다. 빌린 돈을 받게 된 홍혜화의 표정은 절망적이었다. 시간여행은 물 건너가고, 돈마저 편의점 2층 사내에게 빼앗길 운명이었으니까. 빌려준 돈을 받고 그 자리에서 엉엉 울었다는 홍혜화의 소식에 김남우는 조금 죄책감이 들었다. 하지만 어차피 과거로 돌아가면 없던 일이다. 그는 바로 다음 목표와 접선했다. 한 중년 남성을 찾아간 그는 말했다.

"2년 전에 최무정 씨에게 1억 원을 빌리셨죠?"

"뭐야 당신?"

"채무 추심 때문에 온 게 아닙니다. 제안을 하나 드리고자 찾아왔습니다. 그 돈, 제가 대신 갚아 드린다면 어떻습니까?"

"뭐?"

"현금으로 1억 원을 드리겠습니다. 그 돈으로 최무정 씨에게 빚을 갚으시지요."

중년 사내는 의심의 눈초리가 가득했다. 당연히 그 반응을 예상했던 김남우는 준비한 말을 꺼냈다.

"솔직히 말씀드리자면, 최무정 씨에게 사기를 치려고 합니다."

"사기?"

"예. 현재 최무정 씨는 제 말을 철석같이 믿고 있는데, 만약 여기서 선생님께서 돈을 갚는다는 말까지 적중한다면? 그는 제게 모든 걸 내놓을 수밖에 없습니다."

"아니 무슨…."

"그냥 도와 달라는 게 아닙니다. 선생님께는 두 가지 이득이 있습니다. 첫 번째로, 밀린 채무를 공짜로 해결할 수 있어서 좋고, 두 번째로, 일이 성공하면 1억 원을 추가로 드리겠습니다."

"으음…."

중년 사내의 눈동자가 흔들렸다. 이를 알아차린 김남우는 은근하게 꼬드겼다.

"어차피 최무정 씨에게 의리 같은 건 없지 않습니까? 있었으면 진작에 갚았겠지요. 이 기회를 잡으시지요."

중년 사내는 고민하는 모양새였지만, 김남우는 그가 승낙할 걸 알고 있었다. 2년 동안 돈을 안 갚고 도망 다닌 인간의 인성은 다 똑같을 테니까. 예상대로, 중년 사내는 제안을 받아들였다. 김남우는 먼저 최무정에게 내일 만나자는 약속을 잡으라고 했다. 그러면서 덧붙였다.

"아마 굉장히 놀랄 겁니다. 오히려 갑자기 왜 그러냐고 거부감을 표현할 수도 있습니다. 최무정의 입장에서는 제가 말한 대로 일이 진행되는 게 놀라워서겠지요. 별다른 얘기하지 마시고 약속만 잡으세요."

"예."

중년 사내는 최무정에게 연락했고, 실제 김남우의 말과 같은 최무정의 반응에 놀랐다. 더욱 믿을 수밖에 없게 된 중년 사내는 전화를 끊은 뒤 김남우에게 말했다.

"내일 밤 그의 집에 들르기로 했습니다. 이제 어떻게 하면 됩니까?"

"내일 출발하기 전에 저와 뵙지요. 현금으로 1억 원을 드리겠습니다."

"아…. 알겠습니다."

중년 사내와 헤어진 김남우는 쿵쾅거리는 심장을 진정시키려 애썼다. 하지만 아무리 해도 흥분이 가라앉지 않았다. 살면서 이렇게 큰 현금을 직접 만져 본 적도 없었고, 이 일에 성공하면 얻게 될 새 인생도 너무 기대되었다. 그날 밤, 김남우는 자신이 돈을 빌려준 그 날부터의 로또 당첨 번호를 모조리 메모했다. 혹시나 해서 외우기도 했다. 사야 할 주식과 코인의 종목을 외우는 것도 잊지 않았다.

다음 날, 김남우는 중년 사내를 만나 돈 가방을 건네면서 신신당부했다.

"절대 티가 나면 안 됩니다."

"알겠습니다."

김남우는 중년 사내가 돈 가방을 들고 최무정의 주택 마당까지 들어가는 걸 확인한 뒤 편의점으로 향했다. 가는 동안 김남우는 돈을 받은 최무정의 표정을 상상했다. 2년간 못 받았던 1억 원을 돌려받고도 분노할 그의 표정은 어떨까. 그에게는 조금 미안한 일이었지만, 어차피 과거로 돌아가기만 하면 뭐. 편의점에 도착한 김남우는 곧장 문을 열고 들어갔다. 자신을 반겨 주는 사내를 향해 흥분을 숨기지 못하고 말했다.

"저만 남았습니다! 돈을 돌려받지 못한 사람은 저뿐입니다. 약속하셨죠? 두 사람이 실패하면, 한 사람은 구제해 주겠다고요. 바로 과거로 보내 주겠다고 말입니다."

어차피 과거로 돌아갈 거면

"분명 제가 그렇게 말했지요."

편의점 사내는 웃으며 자리에 앉기를 권했다. 김남우는 기뻐하며 착석했지만, 이어지는 사내의 말에 표정이 급변했다.

"하지만 빚을 돌려받은 건 홍혜화 씨뿐입니다. 최무정 씨는 아직 돈을 돌려받지 못했습니다."

"뭐라고요?"

김남우는 심장이 덜컥 내려앉았다.

"그럴 리가 없는… 아! 설마?"

김남우는 벌떡 일어났다. 설마, 그 양반이 나를 속인 걸까? 최무정의 집에 가는 척만 하고, 내 돈 1억을 가지고 튄 걸까? 그런 새끼들은 얼마든지 그럴 수 있는 인성이 아닌가.

"이런 씨!"

김남우는 당장 중년 사내에게 전화를 걸었지만, 받지 않았다. 욕설을 내뱉은 그는 편의점을 뛰쳐나가 최무정의 집으로 향했다. 그는 멍청한 자신을 후회했다. 너무 흥분해서 마지막에 제대로 된 사고를 하지 못했다. 일사천리로 계획을 진행한 자신에게 자화자찬하며 취해 있었다. 2년이나 빚을 안 갚고 도망 다닌 새끼를 믿어선 안 되는 것이었는데!

최무정의 집에 도착한 김남우는 흥분해서 벨을 누르고 대문을 두드렸다.

"계십니까! 계세요!"

안에서 대답이 들려오지 않았다.

"최무정 씨! 계십니까? 최무정 씨!"

그렇게 한참을 두드렸을 때, 인터폰이 울렸다.

"누구십니까…."

"아! 저, 김남우라고 합니다. 전에 편의점 2층에서 한 번 뵈었던…."

김남우는 순간, 자신의 처지가 애매하단 걸 깨달았다. 자신이 갑자기 나타난 게 얼마나 이상할까? 뭐라고 말을 할까 고민하던 그때, "철커덩" 소리를 내며 대문이 열렸다. 일단 마당 안으로 들어선 김남우를 최무정이 맞이했다.

"들어오시지요."

"아, 네. 그, 저기…."

김남우는 최무정을 뒤따라 들어가며 급하게 물었다.

"혹시 그, 오늘 그분이 오시지 않았습니까? 돈을 갚으러….”

“그걸 당신이 어떻게 알고 있는 겁니까?”

김남우는 움찔했지만, 잃어버린 1억 원이 급했다.

“오, 오긴 왔습니까? 그분, 그분이 돈을 들고 왔습니까?”

최무정은 김남우의 질문에 대답하지 않고 거실로 향했다. 마음이 급한 김남우가 그 뒤를 쫓았다. 소파에 앉은 최무정은 곰곰이 생각해 보다가 고개를 끄덕였다.

“그렇군. 그렇게 된 일이군.”

“예?”

“두 사람이 먼저 빌린 돈을 받게 되면, 나머지 한 사람은 자동으로 건너간다, 그 방법이 있었어.”

정곡을 찔린 김남우는 움찔했다. 최무정은 차갑게 그를 올려다보며 말했다.

“어쩐지, 그 새끼가 돈을 갚을 새끼가 아닌데.”

“아! 그, 그가 왔습니까? 오긴 왔습니까? 돈은 그럼?”

“그 1억 원도 자네가 준비한 건가? 하긴, 과거로 돌아갈 거면 돈 따위 중요하지 않았겠지.”

모든 걸 속속들이 읽힌 김남우는 다급해졌다. 최무정은 그를 올려다보며 말했다.

"그놈이 갑자기 돈을 갚겠다고 하니까 말이야. 눈앞이 아찔해지더군. 과거로 돌아갈 기회는 물론이고, 1억까지 날리게 생겼으니까. 근데 순간, 그런 생각이 드는 거야."

"무슨…?"

"아직은 안 갚지 않았나? 갚기 전에 갚지 못하게 하면 되는 거 아닐까?"

"예?"

"저길 봐."

최무정이 손을 뻗어 주방을 가리켰다. 그곳으로 고개를 돌린 김남우의 두 눈이 휘둥그레졌다. 주방 바닥에는 피범벅이 된 중년 사내가 미동도 없이 쓰러져 있었다. 김남우의 커진 동공이 흔들리던 그때, 앉아 있던 최무정이 소파 뒤에 있던 야구방망이를 빠르게 집어 들어 김남우의 머리통을 "퍽!" 하고 후려갈겼다.

"커헉!"

충격으로 쓰러진 김남우가 꿈틀거리자 최무정이 한 번 더 머리를 가격했다. 뇌가 흔들리며 눈앞이 멍해진 김남우에게 최무정은 말했다.

"돈을 갚기 전에 죽이면 아직 안 갚은 게 되잖아. 빌려준 돈을 돌려받느니, 차라리 그게 낫겠더라고."

어차피 과거로 돌아갈 거면

"어…. 으….."

"사람이 어떻게 그럴 수 있느냐고? 생각해 보니까 괜찮더라고. 어차피 난 과거로 돌아가잖아? 그럼 난 그놈을 죽이지 않은 게 돼. 지금도 마찬가지야. 난 자네를 죽이는 데 아무런 거리낌이 없어. 어차피 과거로 돌아가면 없었던 일이 될 테고, 자넨 멀쩡히 살아 있을 테니까. 그렇지?"

김남우는 죽어가는 와중에도 그 말을 곱씹었다. 만약 최무정이 과거로 돌아간다면, 그곳에는 멀쩡히 살아 있는 내가 있겠지. 그럼… 죽어가고 있는 지금의 난 뭐지?

*

최무정은 동업자에게 돈을 빌려줬던 2년 전으로 돌아갔다. 아침에 자신의 손으로 죽였던 동업자가 멀쩡히 살아 있는 걸 보고 그는 안심했다. 그러나, 동업자에게 미안한 건 아니었다.

"무정아, 내가 진짜 석 달 안에 무조건 이자까지 해서 갚을게. 나 믿지?"

"믿기는 뭘 믿어 개뿔! 석 달 안에 갚는다고? 웃기고 있네! 꺼져!"

속 시원하게 동업자를 내친 최무정은 당장 사업을 정리하고 코인 매수에 들어갔다. 로또 번호는 외우지 못했지만, 가까운 미래에 코인이 대박 난다는 건 알고 있었다. 정해진 대로만 흘러가면 그의 재산은 수십 조가 넘을 터였다. 마음의 여유가 생긴 최무정은 문득, 자신이 죽인 김남우가 떠올랐다. 동업자 새끼야 어차피 죽어도 싼 놈이었다지만, 김남우를 죽인 건 조금 찜찜했다. 그날 너무 흥분해서 저지른 감이 있었다. 그는 이 세계의 김남우를 찾아가기로 했다. 어차피 손해 볼 건 없었기 때문에 작은 팁 하나 정도는 줘도 될 것 같았다.

"자네에게 특급 정보를 하나 주겠네. 지금 당장 삼성전자 주식을 사게."

"뭐라고요?"

"2021년이 되면 삼성전자 주식이 8만 원을 넘을 걸세. 거기에 투자하면 엄청난 돈을 벌겠지? 믿든 말든 자네 마음이지만, 나는 분명 말해 줬네."

"도대체 무슨 말씀이신지 갑자기⋯."

"아, 그리고 하나 더. 자네 친구가 내년에 3000만 원을 빌려 달라고 할 거야. 절대 빌려주지 말게. 그 새긴 죽어도 안 갚아."

여기까지 말한 최무정은 마음이 홀가분해졌다. 이 정도면 할 도리는 다했다. 이후 최무정은 틈틈이 코인을 매수하며 시간을 보냈다. 빚을 내더라도 투자금은 많으면 많을수록 좋았다. 이윽고 드디어 2021년이 됐을 때, 최무정은 어마어마한 부를 축적하게 되었다. 비공식이지만 한국에서 개인으로서는 가장 부자라고 해도 될 정도였다. 최무정은 넘쳐흐르는 부를 마음껏 즐겼다. 그러던 어느 날, 김남우가 최무정을 찾아왔다.

"선생님이 말씀하신 대로 정말 삼성전자 주식이 8만 원을 넘더군요."

"내가 뭐랬나. 그래서 돈은 좀 벌었나?"

"아니요…. 멍청한 저는 선생님의 말씀을 믿지 못했습니다. 그뿐만이 아닙니다. 친구가 정말로 돈을 빌려 달라고 하더군요. 선생님 말씀을 들었어야 했는데, 멍청하게도 빌려주고 말았습니다. 그 새끼는 정말 돈을 갚지 않더군요."

"쯧. 그러게 내가 뭐랬나? 그런 새끼들은 죽어도 안 갚을 거라니까."

"제가 정말 멍청했습니다. 선생님 말씀만 들었으면 됐

는데."

김남우는 한숨을 내쉬었다. 그 모습을 본 최무정은 동정심이 들었다. 솔직히 말해서 김남우에게 몇 푼 쥐여 줄 여유도 있었다. 인연이 인연이니만큼, 어느 정도는.

"그래, 자네가 이제라도 내 말이 사실이었다는 걸 알았으면 됐네. 한 1억 원 정도 있으면 자네 인생에 도움이 되겠나?"

김남우의 두 눈이 휘둥그레졌다. 그러나 곧, 그의 표정은 딱딱하게 굳었다.

"바로 그게 문제입니다."

"응? 무슨 말인가?"

"2년 전에 저는 선생님께서 주신 절호의 기회를 놓쳤습니다. 몹시 후회했지요. 근데 2년 전으로 돌아갈 방법이 생겼습니다. 그 조언을 다시 받아들일 기회가요."

"뭐라고?"

최무정의 눈동자가 흔들렸다. 어디서 들어 본 얘기가 아닌가?

"근데 문제는 조건이 있었습니다. 제가 선생님께 조언을 들었던 그 날로 돌아가려면, 선생님께서 1년간 다른 누군가에게 조언을 하면 안 된다고 하더군요. 생각해 봤

습니다. 어떻게 하면 가장 확실하게 그 일이 일어나지 않
게 할 수 있을까?"

그렇게 말한 김남우는 품에서 칼을 꺼내 최무정에게
달려들었다.

"컥!"

깊게 목이 그인 최무정이 쓰러질 때, 김남우가 말했다.

"그런 일이 절대 일어나지 않도록 제가 선생님을 죽이
면 됩니다. 정말 배은망덕하고 끔찍한 일이죠? 그렇지만
생각해 보니까 괜찮더군요. 어차피 전 과거로 돌아갈 테
고, 그럼 저는 선생님을 죽이지 않은 게 되니까요. 아무
런 거리낌이 없습니다. 어차피 과거로 돌아가면 선생님
은 멀쩡히 살아 있을 테니까…. 그렇지 않습니까?"

의식을 잃어 가던 최무정은 생각했다. 정말 죽고 싶지
않다고.

귀신 보는 내 친구

「방송 끄기 전에 채팅창 한번 볼까요? 음, 얄리 님! '귀신 보는 친구가 있는데, 가끔 너무 무서워요.' 와우! 친구분이 귀신을 본다고요? 얄리 님 어떤 이야기인지 말해 줘요!」

"헉!"

백만 유튜버 '호러퀸'의 라이브 방송을 지켜보던 대학생 혜화는 깜짝 놀랐다. 호러퀸이 내 채팅을 읽어 주다니!

「친구 얘기 하나만 해 줘요, 얄리 님!」

혜화는 닉네임이 불리는 게 너무 좋으면서도 당황스러웠다. 공개된 곳에서 서선이의 이야기를 함부로 해도 될까? 서선이는 자기 얘기 하는 거 정말 싫어하는데.

「얄리 님? 안 계세요? 얄리 님?」

호러퀸은 물론이고 채팅창도 난리였다. 혜화는 갈등했지만, 이렇게나 주목받는데 도저히 내뺄 수가 없었다. 어차피 익명이란 생각으로, 키보드 위에 손가락을 올렸다.

「저랑 가장 친한 친구거든요. 고등학교 때 옆자리였는데, 그 친구가 쉬는 시간에 갑자기 저한테 팥을 주는 거예요. 항상 책상 서랍에 넣어 두라고요. 제 책상에 아이 귀신이 붙었는데⋯. 편육 아시죠? 그 편육처럼 서랍 안에 귀신이 눌린 채로⋯.」

「으악! 너무 무섭다!」

사람들의 격한 반응에 혜화는 예상치 못했던 짜릿함을 느꼈다. 방송이 꺼진 뒤에도 그녀는 쉽게 흥분이 가라앉지 않았다. 오늘 그녀는 한순간 정말 특별해진 기분이었다.

다음 날 점심시간, 혜화는 친구 서선이에게 괜히 학식을 샀다.

"잘 먹을게, 혜화야."

"으응."

학생 식당에 둘이 자리를 잡으니 근처에 있던 선배도 합류했다. 이런저런 이야기 중에 갑자기 선배가 조심스럽게 물어 왔다.

"근데 저기 서선아. 정말 미안한데, 딱 하나만 물어봐도 돼?"

"뭘요?"

"혹시⋯. 이 학생 식당에는 귀신이 없니?"

한숨을 내쉰 서선의 표정이 굳었다. 옆에 있던 혜화가

대신 나섰다.

"선배! 서선이가 그 얘기 하는 거 진짜 싫어하는 거 아시잖아요."

"아니, 밥 먹는 곳은 괜히 찝찝하기 싫어서. 미안."

서선은 괜찮다며 말했다.

"이 학생 식당에는 귀신 없으니까 안심하고 드세요."

"그래? 다행이다. 휴."

혜화는 서선이의 눈치를 살폈다. 이런 일이 거의 매일 일어나는데, 얼마나 스트레스일까? 그렇게 서선이를 걱정했던 혜화는 그날 밤 정반대의 행동을 하고 있었다.

「얄리 님! 얄리 님 있으신가? 어제 마지막에 너무 무서워서 잠을 못 잤잖아요. 다른 분들도 그렇죠? 또 일화 없어요?」

호러퀸과 채팅 참여자들이 자신을 애타게 찾자, 혜화는 서선이 이야기를 풀 수밖에 없었다.

「한 친구가 복층 집을 구하러 갔을 때, 서선이가 거긴 절대 들어가지 말라는 거예요. 복층 난간에 귀신 머리가 걸쳐 있는데, 목이 1층까지 길게 늘어나 있었다고…. 알고 봤더니 그 집에서 학생이 자살했다고 하더라고요.」

「헐! 소름 돋아!」

호러퀸과 채팅창의 반응을 보며, 혜화는 자꾸만 입꼬리가 올라갔다. 사람들이 "얄리 님! 얄리 님!" 하고 부를 때마다 특별한 사람이 된 기분이었다.

「그 친구 얘기 더 없어요? 이거 진짜 코너 만들어야겠네. '얄리의 귀신 보는 내 친구' 같은 코너!」

방송이 끝난 뒤, 혜화는 자신이 등장한 장면만 몇 번이고 되돌려 봤다. 유튜브 댓글을 새로고침 하는 게 그 어떤 콘텐츠보다도 재미있었다. 다음 날에도 호러퀸의 라이브에서는 혜화의 아이디가 호명되었다.

「어쩨 오늘은 좀 약하네요. 그럼 우리 필살기 하나 쓸까요? 얄리 님 계신가요? 얄리 님!」

혜화는 기다렸다는 듯이 귀신 보는 친구 이야기를 풀었다. 이후 며칠간 혜화는 호러퀸의 방송에 매일 등판했다. 동경하는 호러퀸과 채팅창의 호응은 그녀를 이 중독에서 벗어날 수 없게 했다. 유튜브에 댓글이라도 달면 그녀의 댓글에는 좋아요가 쏟아졌다. 그녀는 이곳에서 유명인이었다.

서선이의 이야기를 며칠 팔아먹으니 소재가 떨어졌다. 혜화는 초조해졌다. 서선이의 새로운 귀신 이야기가

　　　　　　　　　귀신 보는 내 친구

필요했다. 서선이가 술에 취할 때면 귀신 이야기를 잘한다는 사실을 떠올린 혜화는 서선이와 술을 먹기로 마음먹었다. 마침 그날 저녁, 친구가 공모전 상금으로 한턱내기로 해 자연스럽게 자리가 마련됐다. 학교 앞 작은 고깃집. 혜화는 일부러 서선이의 술잔을 계속 채웠다. 의도한 대로, 술에 취한 서선이는 말이 많아졌다. 곧, 서선이가 허공을 노려보며 소리 질렀다.

"야!"

그 순간, 친구들 모두가 오싹해졌다. 서선이가 귀신을 본다는 걸 모르는 친구가 없었기에 저 행동이 귀신을 향한 것임을 다 알았다.

"뭘 노려봐! 야! 너 하지 마!"

서선이가 아무도 없는 허공에 계속 소리를 지르자, 친구들은 무서워하면서도 말렸다. 그 소란에 가게 사장도 달려와 물었다.

"학생, 무슨 일이야? 왜 그래? 저기 대체 누가 있다고 그래?"

서선이가 무섭게 사장을 돌아보며 말했다.

"사장님. 이 건물에서 사람 죽은 거 아시죠?"

"뭐?"

사장의 눈빛이 흔들렸다. 서선이가 구석을 가리키며 쏘아붙였다.

"사장님. 저기 저 아저씨가 불쏘시개 들고 있어요. 이 건물에 불날 수 있으니까 조심하세요."

"어머머! 어머 세상에."

사장은 소름 돋는다는 얼굴로 서선이와 텅 빈 허공을 번갈아 보았다. 소름 돋는 건 모두가 마찬가지였다. 더는 술 마실 분위기가 아니었기에 술자리를 일찍 파했다. 다른 친구들은 아쉬웠을지 몰라도, 혜화는 기뻤다. 오늘 밤 할 얘기가 생겼으니까. 혜화는 호러퀸이 유튜브 라이브를 켜자마자 신나게 이야기를 풀었다.

「세상에! 불쏘시개요? 악귀인가 보다!」

혜화는 뿌듯한 얼굴로 호러퀸과 채팅창을 보았다. 한데, 한 채팅을 보고는 그녀의 표정이 딱딱하게 굳었다.

「지어낸 이야기 같은데? 어디서 들어 본 것 같아.」

지어냈다니! 혜화는 분노했지만, 사실 부정적인 채팅은 이게 처음이 아니었다. 귀신 보는 친구 이야기가 초반에는 재밌었지만 슬슬 질린다는 채팅도 있었고, 내용이 약하다는 얘기도 있었다. 사실 호러퀸의 리액션도 초반과는 달랐다. 알리를 애타게 찾지도 않았다. 혜화는 이게 자연스러운 현상이란 걸 머리로는 이해했다. 유튜브에서 반짝 흥하고 지는 일은 원래 다반사다. 차라리 박수칠 때 떠나는 게 더 깔끔할 수도 있다. 하지만, 혜화는 그러지 못했다. 더 강한 일화를 들고 오면 반응도 좋지 않을까?

며칠 뒤, 학교에 간 혜화는 서선이의 주변에 사람들이 몰려 있는 걸 보게 되었다. 자초지종을 알게 된 혜화는 깜짝 놀랐다. 진짜로 그 식당에 불이 난 게 아닌가. 서선이는 사람들 속에서 괴로운 듯했지만, 혜화는 신이 나서 어쩔 줄 몰랐다. 그날 밤, 그녀는 유튜브 라이브에서 이 이야기를 곧바로 전했다.

「전에 친구가 불쏘시개 귀신 봤다는 학교 앞 고깃집 있죠! 진짜 불이 났어요, 글쎄!」

「세상에!」

혜화는 조작이라는 지난 댓글이 신경 쓰여 좀 더 과감하게 말했다.

「보근대학교 앞에 돼지식당이라고 있거든요? 검색해 보면 바로 뜰 거예요!」

누군가 채팅으로 증언도 해주자, 그녀가 지어냈다고

비난하는 이들이 쏙 들어갔다.

「너무 소름 끼친다! 와!」

혜화는 짜릿했다. 얄리라는 이름값을 톡톡히 한 기분이었다. 그런데 다음 날 아침, 서선이와 마주한 혜화의 안색은 창백해졌다.

"너 혹시 내 얘기하고 다니니?"

"어, 어?"

"유튜브에 내 얘기하고 다니냐고."

차가운 서선이의 말에 혜화는 심장이 내려앉는 기분이었다. 아니라고 잡아떼도 왠지 서선이는 모든 걸 알 것만 같았다.

"너 나중에 수업 끝나고 보자."

혜화는 뭐라고 변명할 말조차 떠오르지 않았다. 그러나 혜화가 서선이를 보게 될 일은 없었다. 서선이가 사라졌다. 어디로 사라진 것인지는 금방 알 수 있었다. 혜화는 정말로 소름이 돋았다. 단톡방에 공유된 CCTV 영상속에는 돼지식당에 불을 지르고 있는 서선이의 모습이 담겨 있었다. 귀신을 본다는 정체성을 지키기 위해서, 직접 방화를 저지르는 그 모습이 말이다.

'걔, 귀신 본다던 게 그럼 다 거짓말이었던 거야?'

'왜 그런 거짓말을 했대?'

'몰라, 특별해 보이고 싶었나 보지.'

단톡방에 있는 사람 중에서 혜화만이 서선이를 이해했다. 서선이가 왜 그런 거짓말을 해 왔는지, 그녀는 알 것 같았다.

「와! 오늘 진짜 소름 끼치는 얘기해 드릴까요? 글쎄, 귀신 본다고 했던 제 친구가 말이에요!」

폭력 앱

"여기가 딥 웹이란 말이지? 최면 앱 같은 거 없나?"

교실에서 심심풀이로 불법 웹사이트를 뒤적거리던 소년은 이상한 걸 하나 발견했다.

"폭력 앱? 폭력으로 돈을 버는 앱이라고? 병신 같네."

낄낄 웃은 소년은 아무 생각 없이 폭력 앱을 깔고 실행했다.

「폭력 대상을 찍어 주세요. 가치가 측정됩니다.」

"뭐야 이거?"

카메라 화면을 바라보던 소년은 문득 운동장을 지나가던 동급생을 발견했다. 그가 항상 괴롭히던 만만한 창수였다. 소년은 카메라 줌을 당겨서 창수를 찍었다. 그러자 "띠리리링" 소리를 내며 화면 왼쪽 상단의 숫자가 올라가기 시작했다.

「대상의 폭력 가치는 5만 원입니다. 대상에게 폭력 행사 시 5만 원이 적립됩니다.」

"뭔 말이야? 폭력 가치는 또 뭐야? 저 새끼 패면 5만 원 준다는 거야?"

소년은 인상을 찌푸렸지만, 길게 생각할 필요도 없다는 듯 자리를 털고 일어났다.

"야! 창수! 너 이 새끼 이리 와 봐!"

흠칫 놀란 창수가 꾸물거리며 다가오자 소년은 거침
없이 발길질을 날렸다.

"빨리 오라니까 이 새끼가!"

"악!"

이미 익숙한 듯 소년은 거침이 없었다. 더군다나 앱을
의식해서인지, 성의 있는 폭력이었다. 바닥에 쓰러진 창
수의 얼굴이 다 터져 피가 나서야 소년은 발길질을 멈췄
다. 조금 과했나 싶어 살짝 찜찜했지만 소년은 먼저 핸드
폰을 확인했다. 창수의 사진 위에는 어느새 빨간 미션 완
료 도장이 찍혀 있었다.

「5만 원이 적립되었습니다. 적립금은 10만 원부터 인
출 가능합니다.」

"진짜 돈 주는 거야 뭐야 이거?"

「폭력 대상을 찍어 주세요. 가치가 측정됩니다.」

소년은 쓰러진 창수를 다시 한번 찍어 보았다. 그러나
어떤 각도로 다시 찍어도 창수의 사진에는 미션 완료 도
장만 나왔다. 소년은 곧장 학교에서 만만하게 취급했던
또 다른 동급생 영빈을 찾아가 사진을 찍었다. '띠리리
리링' 하며 사진 위에 뜬 폭력 가치는 6만 원이었다.

"오! 이 새끼는 1만 원 더 비싸네?"

소년은 영빈을 으슥한 곳으로 끌고 가 또 무지막지한 폭력을 가했다.

"이 새끼가 돈도 안 가져오면서 반항하고 말이야!"

쌍코피가 터진 영빈을 뒤로하고 소년은 폭력 앱을 확인했다. 적립금은 11만 원이었고, 인출 버튼이 활성화되었다.

"오!"

바로 인출 버튼을 누른 소년은 자신의 계좌번호를 입력했다. 그러자 곧 소년의 은행 앱으로부터 '11만 원 입금'이라는 알림이 떴다.

"뭐야! 이거 진짜 주네?"

돈을 확인하고 놀란 소년은 환하게 웃으며 좋아했다. 보물이라도 발견한 듯 소년은 학교 애들을 찾아다니며 사진을 찍어댔다. 한데 우연히 찍힌 사진을 본 소년은 놀랐다.

"뭐야? 폭력 가치가 50만 원이라고?"

사진에 찍힌 건 전교 1등 김남우였다. 아무리 소년이 막 나가는 꼴통이라도 전교 1등을 폭행하는 건 부담스러웠다. 그러나 50만 원? 한 번에?

"으으음…."

고민하던 소년은 그날 하굣길, 김남우를 뒤에서 습격했다.

"이 새끼! 네가 내 소문냈지!"

"컥! 무, 무슨 소리야?"

"거짓말하지 마! 새끼야! 내 뒷말 까고 다녔잖아!"

"아니야!"

소년은 김남우의 얼굴에 몇 번이고 주먹을 날린 뒤, 침을 뱉었다.

"조심해라 진짜!"

다소 찜찜한 마음으로 빠르게 자리를 뜬 소년은 얼른 앱을 확인했다. 50만 원의 적립금을 보고 함박웃음이 지어졌지만, 이내 표정이 구겨졌다.

"뭐야 이거?"

「현 적립금은 50만 원입니다. 총 100만 원부터 인출 가능합니다.」

앱을 뒤적거리던 소년은 작게 쓰인 안내문을 발견했다. '레벨이 올라가면 인출 가능 적립금은 변경될 수 있습니다'라고.

"이런 씨! 레벨 업? 누가 레벨 업 같은 게 하고 싶댔냐고. 망할!"

좋다 만 소년은 다시 폭력 앱의 사진 모드를 켰다. 폭력 가치가 높은 사람을 찍어서 폭력을 행할 셈이었다.

"만만하지 않은 사람일수록 폭력 가치가 높은 것 같은데…."

미간을 찌푸린 소년은 거리를 돌아다니며 사진을 마구 찍어댔다. 성인을 대상으로 한 폭력 가치는 놀라웠다.

"뭔데 다 200만 원이 넘어?"

아직 중학생에 불과한 소년이 지나가는 성인에게 폭력을 행한다는 건 상상도 안 될 일이긴 했다. 소년은 좀 더 다양한 사람들을 찍었고, 100만 원짜리 대상 앞에서 고민했다. 그 대상은 노숙자였다.

"한 번에 100만 원…."

해가 진 뒤에도 노숙자의 주변을 어슬렁거리던 소년은 어둑해졌을 때 결심했다. 그는 길에 나뒹굴던 막대기를 주워 들고는 노숙자가 혼자 있을 때를 노려 뒤에서 세게 내리쳤다.

"억!"

"으아아아아!"

엄청난 속도로 막대기를 휘두른 소년은 노숙자가 머리를 감싸고 쓰러지자 엄청난 속도로 도망쳤다. 아주 멀

리까지 뛰어서 숨을 고른 소년은 폭력 앱을 확인했다. 노숙자의 사진 위에 미션 완료 표시가 떴고, 적립금은 총 150만 원이 되었다.

"으ㅎㅎㅎㅎㅎㅎ!"

소년은 곧장 현금인출기로 가서 돈을 뽑았다. 손에 쥔 돈다발의 존재감은 소년의 미소를 더 진하게 만들었다. 이 짓을 좀만 더 하면 명품도 살 수 있겠단 생각으로 폭력 앱을 켰는데, 또 얼굴이 구겨졌다.

"또 레벨 업이야? 인출 가능액 1000만 원? 미친!"

노숙자 폭행 같은 심장 떨리는 일을 열 번은 해야 한다는 말 아닌가? 창수 같은 애들은 무려 200명이 넘어야 한다. 소년은 곰곰이 생각했다.

"어려울수록 더 폭력 가치가 높았지?"

소년은 어쩌면 폭력 가치가 1000만 원이 넘는 사람도 있지 않을까 생각했다.

다음 날 소년은 진짜 그런 사람을 찾아냈다. 그의 담임 선생이었다. 어제의 폭력 사건으로 소년을 찾아왔을 때 무심코 찍어 본 금액은 놀라웠다.

「대상의 폭력 가치는 1300만 원입니다. 대상에게 폭력 행사 시 1300만 원이 적립됩니다.」

담임을 향한 폭력이라니? 쉽지도 않겠지만, 마음도 찜찜했다. 다 좋으니 학교만 나오라고 간곡하게 부탁하던 담임의 얼굴이 떠올랐다. 그러나 그의 시선은 스마트폰 화면 속 숫자에 머물렀다. 1300만 원이라는 액수는 그의 눈을 멀게 만들기 충분했다. 어느 순간부터 소년의 머리는 방법에 대한 고민으로 가득 찼다. 그러나 담임을 어떻게 할 방법은 도저히 떠오르질 않았다.

방과 후, 담임의 호출로 상담실 건물로 향하던 소년은 담임의 뒷모습을 보게 되었다. 담임이 있는 곳은 3층에서 1층까지 이어진 긴 야외 계단이었는데, 순간 두 눈이 번뜩인 소년은 충동적으로 달려가 담임을 뒤에서 밀어버렸다.

"으아악!"

담임이 거칠게 계단을 구르는 모습을 본 소년의 심장이 미친 듯이 뛰었다. 뒤도 안 보고 도망친 소년의 얼굴이 불안감에 흔들렸다. 자신을 봤을까? 들켰을까? 불안도 잠시, 핸드폰을 확인한 소년은 입이 귀까지 찢어졌다.

「1300만 원이 적립되었습니다.」

"으하하하!"

감히 가질 수 있을 거라 상상도 못 한 거액이다. 행여나 인출이 막힐까 곧장 계좌이체를 했다. 입금된 금액을 확인한 소년은 학교 따위 잘려도 괜찮다고 생각했다. 아니, 다닐 생각이 전혀 없어졌다. 어차피 이 폭력 앱만 있으면 평생 돈 걱정 없이 살 수 있으니까. 소년은 행복을 느끼며 폭력 앱을 만지작거리고 있었는데, 부담스러운 메시지가 떴다.

「레벨 업! 총 1억 원부터 인출이 가능합니다.」

"미친! 1억이라고? 1억?"

소년은 짜증이 나면서도 동시에 기뻤다. 1억 원이라는 목표치가 막막하면서도 갑자기 1억 원이 생긴 기분도 들었다. 신이 난 소년은 폭력 앱의 사진 촬영 모드를 유지한 채로 온갖 사람들의 사진을 찍으며 다녔다. 그러나 담임처럼 높은 금액이 뜬 사람은 한 명도 없었다. 심지어 경찰을 찍어도 700만 원이었다. 소년은 막막했다. 성인 수십 명에게 폭력을 행사할 수 있을까? 힘들 듯했다. 한 번에 최소 5000만 원짜리 대상이 나올 때까지 계속 찍어 보는 수밖에 없었다.

"띠리리리링."

"띠리리리링."

"띠리리리링…."

소년은 밤늦게 거리를 돌아다니며 사람들의 폭력 가치를 측정하고 다녔다. 누구 하나 만족스러운 금액이 뜨질 않았다. 만만해 보이는 노숙자를 한 번 더 팰까도 생각했지만, 고작 100만 원씩 벌어서는 성에 차지 않았다. 불안하기도 했다. 결국, 소년은 다음 대상을 정하지 못한 채 집으로 돌아왔다. 소년이 집 문을 열고 들어서자 거실에서 잠든 할머니가 보였다. 소년은 습관적으로 할머니의 사진을 찍었다.

"띠리리리링."

「대상의 폭력 가치는 1억 4000만 원입니다. 대상에게 폭력 행사 시 1억 4000만 원이 적립됩니다.」

"뭐라고?"

소년의 두 눈이 흔들렸다. 할머니의 폭력 가치가 왜 이렇게 높단 말인가? 여태껏 소년을 홀로 힘들게 키워 주신 할머니가 말이다.

"미친!"

소년은 재빨리 폭력 앱의 사진을 지웠다. 다른 사람은 몰라도 할머니를 향한 폭력은 상상도 해 본 적 없었다. 지금도 할머니는 소년을 위해서 밥을 차려 놓고 기다리

다가 잠든 모양새인데? 잠시라도 엄한 상상을 한 죄책감 때문일까, 소년은 할머니에게 이불을 덮어 주며 중얼거렸다.

"할매. 내가 호강시켜 줄게. 기다려."

다음 날, 소년은 아침 일찍부터 거리로 나가 사람들을 찍어댔다. 학교는 아예 가질 않았다. 어차피 가 봤자 좋을 게 없을 듯했다.

"띠리리리링."

"띠리리리링."

"띠리리리링…."

"빌어먹을. 왜 비싼 인간이 없어?"

오후가 다가오자, 소년은 어제 인출한 돈을 쓰러 다녔다. 평소 사고 싶었던 명품 옷과 신발, 최신형 핸드폰을 현금으로 다 샀다. 물론 그 과정에서도 틈틈이 사람들의 폭력 가치를 측정했지만, 썩 괜찮은 금액이 없었다. 이후 나흘간 비슷한 하루를 반복한 소년은 어느새 돈이 뚝 떨어졌다. 초조해진 소년은 그나마 부담이 없던 노숙자라도 다시 습격해 보기로 했다. 하지만 생각지도 못한 노숙자의 저항에 소년은 역으로 얻어터질 뻔했다.

"이 어린놈의 새끼가!"

"악!"

겨우 노숙자에게서 도망친 소년은 놀란 심장을 진정시켰다.

"아 제기랄 진짜!"

소년은 모든 상황이 달갑지 않았다. 돈은 다 떨어졌고, 적립금은 하나도 없고, 학교에서 폭력 사건으로 그를 찾고 있다는 소식도 들렸다.

늦은 밤 짜증스러운 발걸음을 옮기던 소년의 앞을 거대한 실루엣이 막아섰다.

"한 마리 찾았다!"

덩치 큰 사내의 모습에 놀란 소년은 절로 존댓말이 튀어나왔다.

"뭐, 뭐예요?"

"뭐긴! 이 앱 사용자다!"

사내가 내민 화면을 본 소년의 눈이 커졌다. 앱의 인터페이스가 너무 눈에 익었다. 소년에게 행복을 주었던 바로 그 폭력 앱과 같았다.

"마, 말도 안 돼!"

소년은 자신이 폭력 대상이 되었다는 걱정에 뒷걸음

질 쳤지만, 소년의 목덜미를 잡아챈 사내의 우악스러운 손길이 더 빨랐다.

"뭐가 안 돼? 널 얼마나 힘들게 찾았는데? 흐흐."

"으으!"

소년은 반항할 생각도 못 하고 비굴하게 애원했다.

"사, 살려 주세요! 저 같은 거 패도 얼마 안 나올 거예요! 아, 아니 차라리 얼마인지 말해 주시면 제가 마련해 볼게요!"

"내가 널 왜 패?"

"예?"

"내가 널 왜 패겠어. 겨우 잡은 소중한 너를."

"포, 폭력 앱 사용자 아니에요?"

"폭력 앱은 너 같은 밑바닥 먹잇감들이나 하는 거지. 나는 '협박 앱' 사용자라고. 몰랐어? 이 앱들이 피라미드 형태인 거?"

사내가 보여 준 화면을 자세히 살펴보니, 소년의 폭력 앱과는 미세하게 달랐다.

"협박 앱으로 폭력 앱 사용자를 찍으면 그 사람을 협박할 수 있지. 네 사진의 협박 가치를 보여 줄까? 자그마치 1억 원짜리야!"

　　　　　　　　　　　　　　　　　　폭력 앱

"예예? 그, 그게 무슨…."

"네가 나한테 1억 원을 바쳐야 한다는 말이지."

"그, 그런 돈 없어요!"

"없으면 만들어야지? 폭력 앱이 있잖아!"

사내의 진한 미소에 소년은 정신이 나갈 것 같았다.

"아니 어떻게. 제가 어떻게…."

"'어떻게'는 무슨! 폭력으로지! 직접적인 폭력처럼 위험한 행위는 너 같은 피라미들이 하고, 나는 널 잡아서 안전하게 돈을 갈취하는 것, 그게 이 바닥이야. 내가 협박 앱으로 널 찍은 순간, 네가 그동안 폭력을 완수한 증거들이 다 내 앱으로 넘어왔거든? 흐흐흐."

"아, 아니."

"내가 그걸 경찰에 넘길 것 같아? 아니지. 상위 앱이 하나 더 있어. 살인 앱이라고."

"사, 살인 앱?"

"살인 앱 사용자에게 네 정보를 넘기면, 넌 전국의 살인 앱 사용자들에게 쫓기게 될 거다. 그날부터 사냥감이 되는 거지."

"말도 안 돼!"

"이봐, 이 앱의 수익이 다 어디서 나오겠어? 인간 사냥을 즐기고 싶은 부자들에게서 나오는 거라고. 게다가 명분도 얼마나 좋아? 너처럼 폭력 앱을 사용한 인간쓰레기를 치워서 이 사회를 정화하는 정의로운 행위라고 합리화하더군. 그들은 자신들을 정의의 사도라고 부르지. 흐흐흐."

도저히 이해하지 못하는 소년을 사내가 거칠게 흔들었다.

"간단히 말해서 죽기 싫으면 1억 원을 내놓으란 말이다. 알겠어? 못하면 어떻게 되는지는 동영상으로 보내 줄 테니까, 잘 보고 판단해."

사내는 소년에게 사흘의 시간을 주고 떠났다. 소년은 사내가 보낸 동영상을 보고 완전히 겁에 질렸다. 도저히 거짓이라고 할 수 없는 영상이었다. 그리고 소년은 앱 피라미드에 대해서도 다시 확인했다. 밑바닥 폭력 앱, 그들을 채찍질하는 협박 앱, 최상단 살인 앱까지.

"으으으…!"

소년은 죽지 않으려면 사흘 안에 1억 원을 마련해야 했다. 이제 와 소년은 그런 이상한 앱을 받았단 걸 후회했지만, 늦은 후회였다. 1억 원을 어떻게 마련할까? 이틀 내내 갈등하던 소년은 결국 집으로 향했다. 잠든 할머니를 한참 내려다보던 소년은 다시 집 밖으로 나가 복면을 착용한 뒤, 무거운 발걸음을 집으로 옮겼다.

*

"흐흐흐. 좋아. 1억 원 받았으니까 네 정보는 넘기지 않으마."

싱글벙글한 사내의 모습에 비해 소년의 얼굴은 처참했다.

"자. 그럼 다음 1억 원은 인심 써서 한 달 정도 시간을 줄까?"

"네? 아, 아니 또 1억 원을 달라고요?"

"그럼 한 번으로 끝낼 생각이었어? 고작 1억으로?"

"마, 말도 안 돼! 제가 그 돈을 마련하려고 어떻게 했는데!"

"그건 내가 알 바 아니고, 싫으면 말든가. 살인 앱에 정보를 넘길 테니까."

"이건 말도 안 돼! 이제 1억 만들 방법도 없다고요!"

"방법이 없긴 왜 없어? 네가 찍었던 사진들 폭력 가치가 다 내 협박 앱에 있는데."

소년은 미치고 팔짝 뛰며 울 것 같았다. 1억 원을 마련하기 위해 무차별적으로 폭력을 행하다가 끝내 잡혀가는 게 폭력 앱 사용자들의 운명인 걸까? 아니면 사냥당해서 죽는 게 운명인 걸까?

"제가 도대체 뭘 잘못했다고 이러세요. 제발!"

"네 죄가 있다면 딱 하나, 네가 쓰레기라는 거다. 쓰레기로 살지를 말지 그랬냐."

"제가 뭐 얼마나 쓰레긴데요!"

"뭐긴. 넌 네 사진도 찍어 봤잖아. 네 사진 위에 뜬 폭력 가치가 1억이 넘는 것도 봤겠지. 그런데도 할머니를 때리면 때렸지, 끝까지 자신을 해칠 생각은 안 했잖아. 안 그래?"

소년은 할 말이 없었다.

폭력 앱

벌레들의 긴급한 밤

"저 지저분한 코트들 틈에 내 코트를 걸라고? 이게 얼마짜린 줄 알아? 캐시미어 명품이야 명품!"

고급스러운 복장의 중년 여성이 신경질을 부렸지만, 가게 주인장은 단호했다.

"여기서 무언가를 얻어 가고 싶다면 규칙을 따르셔야 합니다."

"아이, 진짜!"

중년 여성은 짜증을 내면서도 코트를 벗었다. 코트 걸이 앞에 선 그녀는 코트 걸이에 걸린 코트 하나를 옆으로 확 밀었다.

"아유! 이건 뭐야!"

"아아!"

젊은 여인이 다가와 반쯤 떨어진 코트를 붙잡았다.

"뭐 하시는 거예요!"

"아, 뭘!"

중년 여성은 무시하며 본인의 코트를 걸고 걸어갔다. 젊은 여인은 황당해하다가 자신의 코트를 정리하고 다시 자리로 돌아갔다. 두 여자가 도착한 바 형태의 테이블에는 두 명의 남자가 더 앉아 있었다. 깡마른 사내와 수염이 덥수룩한 털보 사내다. 털보는 중년 여성을 보고 중얼거렸다.

"별 재수 없는 여자 같으니라고."

"뭐? 당신 지금 뭐라고 했어?"

중년 여성이 발끈했지만, 털보는 개의치 않았다. 그녀가 더 화를 내려던 차에 주인장이 그들을 말렸다.

"여러분 그만하시죠. 어차피 여러분은 다 벌레 같은 인간들 아니십니까?"

네 사람의 표정이 굳었지만, 반박하진 못했다. 주인장은 웃었다.

"이곳에 올 수 있는 조건 자체가 벌레만도 못한 삶을 살아야 한다는 것입니다. 안 그렇습니까? 누가 누굴 욕하고 말고 할 게 없는 사람들이란 말입니다."

"아! 알았다고!"

끝내 중년 여성이 소리를 지르자 주인장이 빙긋 웃으며 고개를 끄덕였다.

"자! 그럼 이제 시작합니다. 모두 벌레를 분양받으러 오신 것 맞죠?"

네 사람이 고개를 끄덕이자 주인이 이어 말했다.

"그럼 규칙을 말씀드립니다. 모두 반드시 한 마리의 벌레를 받아들이셔야 하고, 벌레를 받아들이지 않으신

벌레들의 긴급한 밤

분은 벌레가 됩니다. 비유가 아니라, 진짜 무지성의 작은 벌레 말입니다. 다 각오하셨으리라 생각하고, 오늘 이 식당에 찾아온 벌레의 이름을 발표하겠습니다."

그 순간, 긴장한 네 사람이 주인장의 입을 노려보았다. 주인장은 눈을 감고 잠시 생각에 잠겨 있다가 번쩍 눈을 뜨며 말했다.

"오! 오늘은 희귀한 벌레가 꽤 들어왔군요. 오늘 찾아온 벌레의 이름은 행운, 영감, 잠, 임신, 죽음입니다."

벌레의 이름이 하나하나 호명될 때마다 움찔 놀라던 사람들은 마지막 벌레 이름을 듣곤 경악했다.

"죽음이라고? 죽음 벌레가?"

"예. 몹시 희귀한 벌레죠. 안타깝지만, 오늘 그 벌레를 받아들이신 분은 즉시 사망할 겁니다."

주인장의 말에 네 사람의 안색이 파리하게 질렸다. 털보 사내는 벌떡 일어나기까지 했다.

"난, 난, 나가겠어!"

그러나 주인장은 고개를 흔들었다.

"이미 시작한 이상 그냥 나가면 벌레가 될 겁니다. 나가시려면 저기 걸어 둔 코트를 입고 나가셔야죠."

주인장이 손가락으로 가리킨 코트 걸이를 향해 모두

의 고개가 돌아갔다.

"여러분과 대화하는 동안 모두 네 마리의 벌레가 코트에 깃들었습니다. 벌레는 매번 생김새가 달라지기 때문에 어떤 벌레가 어떤 벌레인지는 모릅니다."

"코트에 벌레가 깃들다니…?"

"아! 일단 가서 코트를 보시겠습니까? 코트 밑단에 벌레가 깃들어 있을 겁니다."

코트 걸이로 간 사람들은 각자 코트를 확인했고, 두 눈이 휘둥그레졌다. 기묘하게 생긴 벌레 그림이 마치 살아 있는 것처럼 꿈틀대고 있는 게 아닌가.

"말했다시피, 어떤 벌레가 어떤 벌레인지는 모릅니다. 다만 오늘 이 식당에 찾아온 다섯 마리 벌레 중 네 마리가 그곳에 깃들었다는 것만 말씀드립니다. 행운 벌레, 영감 벌레, 임신 벌레, 잠 벌레, 죽음 벌레. 벌레들은 각자의 속도로 코트 목깃을 향해 나아가고 있습니다. 목깃에 닿는 순간, 그 벌레의 성질을 얻을 수 있습니다."

"얻는다는 건…?"

"행운이 오고, 영감이 오고, 임신, 잠, 죽음이 오지요."

순간적으로 털보가 발악하듯 외쳤다.

"누가, 어떤 코트가 죽음 벌레야 그럼!"

"그건 모르죠? 벌레는 매번 생김새가 달라서 못 알아보거든요. 제가 아는 건 벌레들 간의 서열입니다. 희귀한 벌레일수록 강하죠. 오늘 벌레를 희귀한 순서로 나열하면, 죽음, 임신, 행운, 영감, 잠 순입니다. 죽음은 특히나 압도적으로 희귀하죠."

"그 말은?"

"서열이 높은 강한 벌레가 먼저 원하는 코트에 깃들지 않았을까요?"

알 듯 모를 듯 미소를 띤 주인장은 네 사람을 다시 불러들였다.

"마저 설명하자면, 저 코트 걸이의 코트는 한번 입으면 다신 벗을 수 없습니다. 또한, 이 가게의 마감 시간은 30분 뒤 자정입니다. 30분 안에 코트를 입지 않으시면 벌레로 변합니다."

"이런 미친!"

"그럼 저는 잠깐 뒷정리가 있어서. 각자 원하는 벌레를 꼭 얻어 가시길 바랍니다."

주인장은 당황한 넷을 두고 뒷문으로 빠져나갔다. 털보가 급히 바를 넘어가 뒷문을 당겨 보았지만, 원래 문이 아니라 벽이었던 것처럼 꼼짝도 안 했다.

"이런 씨!"

네 사람이 망연자실할 때, 깡마른 사내가 말했다.

"꼭 코트를 주인이 입을 필요가 있겠습니까?"

"뭐?"

"저는 소설가입니다. 제가 여기 온 목적은 오직 그 빌어먹을 영감 때문입니다. 무슨 수를 써서라도 난 오늘 영감 벌레를 얻어 가야만 합니다."

그러자 젊은 여인도 끼어들었다.

"전 불임이에요. 임신 벌레가 와야만 해요. 꼭."

"그래? 그럼 나는 행운이지! 곧장 로또를 살 거다."

털보까지 거들자 중년 여성이 버럭댔다.

"뭔데 다들 하나씩 선점하고 있어! 그럼 뭐 나보고 죽으란 거야? 나도 행운이야!"

깡마른 사내가 고개를 끄덕이며 말했다.

"당연히 죽음 벌레는 아무도 원하지 않겠지요. 그런데 어차피 우린 어떤 벌레가 어떤 벌레인지 모릅니다. 주인장이 준 벌레들의 서열이라는 힌트로 알아서 풀어야 하죠. 그래서 말인데, 앞으로 10분간 각자 벌레의 정체를 추리해 보는 게 어떻겠습니까? 그다음 코트를 바꿀 사람들은 합의해 바꾸는 겁니다."

벌레들의 긴급한 밤

"으음…."

"지금도 시간은 흐르고 있습니다."

깡마른 사내의 지적에 움찔한 세 사람은 결국 그 의견에 동의했다. 그때부터 그들은 네 개의 코트를 펼쳐 놓고 각자 추리에 들어갔다. 중년 여성의 화려한 고급 코트, 털보 사내의 가죽 코트, 깡마른 사내의 롱코트, 젊은 여인의 떡볶이 코트. 각각 어떤 벌레가 깃들었을까?

"혹시 벌레 크기 순일까요?"

무심코 던진 젊은 여인의 질문에 대답하는 사람은 없었다. 서로 추론을 공유할 생각이 없는 듯했고, 그것은 당연했다. 그들은 서로 원하는 것을 얻고 죽음을 떠넘겨야 할 사이였다. 각자 나름의 생각으로 복잡했던 10분이 지났다. 깡마른 사내가 모두를 돌아보며 말했다.

"그럼 이제 원하는 코트를 고릅시다."

"으음."

넷은 얼마간 눈치를 봤지만, 깡마른 사내가 먼저 나섰다.

"시간이 없습니다. 그냥 합시다. 저는 이 코트를 선택하고 싶습니다."

깡마른 사내가 고른 코트는 털보 사내의 가죽 코트였는데, 그걸 본 사람들의 눈동자가 빠르게 왔다 갔다 했다. 털보가 물었다.

"왜 내 코트를?"

"어차피 영감 벌레를 욕심내실 분은 없을 테니까 솔직히 말씀드리죠. 제가 원하는 영감 벌레는 어차피 서열이 낮은 벌레입니다. 뒤에서 두 번째죠. 이 코트의 벌레가 뒤에서 두 번째로 작고, 기어가는 속도도 뒤에서 두 번째로 느리더군요. 두 가지 요소 중 하나만 맞는다고 쳐도 충분히 시도해 볼 만하다고 생각했습니다."

"벌레의 생김새가 기준이라고?"

중년 여성이 대놓고 코트 깃을 만지며 벌레들을 살폈다. 그때, 젊은 여인이 깡마른 사내에게 말했다.

"저는 그럼 아저씨의 롱코트를 선택해도 되나요?"

"음. 이유를 물어도 되겠습니까?"

"그게⋯."

잠깐 눈치를 살피던 그녀는 솔직하게 말했다.

"임신 벌레의 서열은 두 번째잖아요. 그리고 아저씨가 여기서 두 번째로 힘이 세 보이거든요. 단순하게 힘으로 생각했죠."

"흠⋯. 코트 주인의 힘이라?"

생각도 못 했던 기준인지 깡마른 사내의 눈썹이 꿈틀

　　　　　　　　　　　　벌레들의 긴급한 밤

거렸다. 그리고 그의 표정이 굳었다.

"그 기준이라면, 내가 원하는 저 가죽 코트가 죽음 벌레란 뜻인데….”

"뭐? 내 코트가?”

털보의 인상도 구겨졌다. 그때, 중년 여성이 젊은 여인의 떡볶이 코트를 붙들며 말했다.

"난 이거!”

"예?”

젊은 여인은 중년 여인이 떡볶이 코트를 가져가려는 걸 막으며 물었다.

"잠깐만요! 왜 제 걸요?”

"아 몰라! 그냥 이거!”

"그냥이 어딨어요?”

"아 몰라! 그냥 나랑 바꿔! 내 코트가 엄청 명품인 거 알지?”

"아니! 말이 안 통하시네요 정말!”

젊은 여인의 인상이 찌푸려질 때 마지막으로 털보 사내가 나섰다.

"그 명품 코트는 내가 합시다. 그러면 아귀가 딱 맞는 것 아닙니까? 서로가 그냥 원하는 거로 가져 가면 되겠는데?"

"아!"

사람들은 서둘러 서로 원하는 코트가 겹치지 않는단 걸 확인했고, 중년 여성은 젊은 여인의 손에서 떡볶이 코트를 잡아채며 말했다.

"그럼 됐네! 괜히 신경질이야 짜증 나게!"

젊은 여인은 이번에는 막지 않았다. 대신 그녀는 조심스럽게 깡마른 사내의 롱코트를 집어 들었다. 털보도 중년 여성의 명품 코트를 집어 들었다. 깡마른 사내와 가죽 코트만 남았다. 깡마른 사내의 표정이 좋지 않았다. 그는 젊은 여인을 힐끔거리며 중얼거렸다.

"그쪽이 생각한 기준이 맞으면, 이 양반의 가죽 코트가 가장 서열이 센 죽음이라는 건데…."

그가 망설였지만, 다른 셋은 이미 코트를 모두 확보했다. 털보가 그의 망설임을 경계하듯 말했다.

"처음 나누자고 제안을 한 게 당신 아니요? 당신 말대로 각자 기준으로 나눴으니까 깔끔하게 끝냅시다."

"으음…."

중년 여성은 한술 더 떠 코트를 입으려고 했다. 그 순간, 바 테이블 너머 문이 열리며 주인장이 나타났다.

"모두 잘되어 가십니까?"

고개 돌린 네 사람의 눈이 커졌다. 주인장이 코트 하나를 입고 있었다. 주인장은 그들의 시선을 의식한 모양새로 말했다.

"이거 말입니까? 전에 어떤 손님이 버리고 간 낡아 빠진 싸구려 코트죠. 아까 말한 다섯 벌레 중 한 마리는 여기에 깃들었거든요. 아! 마침 거의 목깃에 닿았군요?"

주인장이 목깃을 펼쳐 보여 준 순간 모두가 놀라 그곳을 노려보았다. 아주 작은 벌레 그림 하나가 꾸물거리며 목깃을 향해 나아가고 있었는데, 눈에 보일 정도로 빠른 속도였다. 이윽고 순식간에 벌레는 목깃에 닿았고, 그 순간 벌레 그림이 춤을 추듯 덩실거리며 사라졌다.

"아! 옵니다!"

주인장의 눈이 무겁게 감겼다가 떠졌다. 그의 눈동자 속에서 벌레 그림이 춤을 추다가 사라졌다.

"흐아아암! 잠이 쏟아지는군요. 이 친구가 잠 벌레였습니다. 도저히 안 되겠습니다. 자러 가야겠습니다."

"어? 엇?"

주인장이 다시 나간 뒤, 깡마른 사내가 미간을 좁힌 채 문을 노려보았다.

"다섯 벌레 중 잠이 빠졌으면 남은 건…."

모두의 눈동자가 흔들렸다. 털보 사내는 그들이 혼란에 빠진 틈을 타 명품 코트를 내려놓고 바닥에 놓인 가죽 코트로 손을 뻗었다. 깜짝 놀란 깡마른 사내가 가죽 코트를 붙잡고 사수했다.

"뭡니까?"

"나, 나랑 바꿉시다! 아니, 원래 내 코트잖아 이거!"

"아니 갑자기 그게 무슨 짓입니까? 아까까지만 해도 깔끔하게 끝내자더니 왜, 아? 아아!"

두 눈을 부릅뜬 깡마른 사내의 인상이 구겨졌다.

"알겠군! 벌레들의 기준이 코트 가격이다, 이거지? 주인장의 낡은 코트가 가장 낮은 서열이었으니까! 가장 비싼 코트에 가장 희귀한 죽음 벌레가 깃든 거지!"

정곡을 찔린 털보 사내의 표정이 구겨졌고, 깡마른 사내가 쏘아붙였다.

"당신이 정한 코트인데 인제 와서 바꾸겠다고?"

털보 사내는 이판사판이라는 듯 힘을 쓰기 시작했다.

"뭐 어때! 내 코트를 내가 입겠다는데! 이리 내!"

"안 되지!"

깡마른 사내는 코트를 사수하며 젊은 여인을 돌아보

벌레들의 긴급한 밤

왔다.

"그쪽! 그쪽이 입고 온 코트 얼마짜립니까? 내가 이 남자의 가죽 코트 브랜드를 아는데, 우리 중 두 번째로 비싼 코트일 겁니다! 그럼 그게 임신이요!"

"아? 아!"

두 눈이 흔들린 젊은 여인이 앞으로 다가왔다.

"제 코트는 12만 원이에요! 여기서 제일 쌀 거예요!"

"역시!"

그 말을 듣자마자, 경쟁하던 코트를 손에서 놓은 깡마른 사내가 중년 여성을 향해 달려갔다.

"떡볶이 코트는 영감 벌레니까 당신은 필요 없소!"

"엄머머!"

깡마른 사내의 이탈로 털보가 홀로 가죽 코트를 잡고 있자, 깜짝 놀란 젊은 여인이 달려가 가죽 코트를 잽싸게 붙잡았다.

"제게 양보해 주세요! 임신 벌레!"

"으응?"

털보 사내는 움찔 놀랐다가 머릿속으로 빠르게 계산을 돌렸다.

"잠깐만, 가격이 내 가죽 코트가 2등이고 아가씨 코트가 꼴등이면, 저 남자 롱코트가 세 번째인 행운 벌레라는 거네? 좋아! 아가씨 나랑 그 코트 바꿔!"

"네!"

긴박하게 상황이 돌아가려던 그때, 중년 여성이 소리 질렀다.

"다들 미쳤어! 뭘 믿고 가격순이래! 가게 주인이 준 힌트 못 봤냐고 다들!"

힌트라는 단어에 움찔한 세 사람의 동작이 멈췄다. 그들이 중년 여성을 보자, 중년 여성이 손을 뻗어 주인장이 사라진 바 너머를 가리켰다.

"힌트가 저기 있잖아 저기!"

모두가 바 너머로 고개를 돌린 그 순간, 중년 여성이 재빠르게 움직였다. 그녀는 들고 있던 떡볶이 코트를 엄청난 속도로 입어 버렸다.

"이런 씨!"

가장 먼저 반응한 깡마른 사내의 얼굴이 처참하게 구겨졌다.

"영감은 내 거라니까! 필요도 없으면서 왜!"

"뭘 왜야! 죽는 것보다는 낫지! 어허 다가오지 마! 가게 주인이 한번 입으면 끝이라고 했던 거 알지? 내 명품

벌레들의 긴급한 밤

코트 입을 거 아니면 저들을 막아야지?"

뻔뻔한 중년 여성의 태도에 깡마른 사내가 부들거렸
다. 그러나 틀린 말은 아니었는지, 깡마른 사내는 황급히
뒤돌아 젊은 여인의 롱코트를 붙잡았다.

"원래 내 코트를 가져가야겠소!"

"앗!"

"이 양반이 지금 어디 행운 벌레를 가져가려고! 이 아
가씨는 나랑 바꾸기로 했다고!"

버럭 화를 낸 털보가 깡마른 사내를 막아서며 밀쳤고,
그 순간 중년 여성이 젊은 여인에게 외쳤다.

"거기! 죽기 싫으면 그 롱코트 그냥 자기가 입어! 임신
이고 뭐고 일단 살아남아야 할 것 아니야!"

"아!"

젊은 여인의 눈동자가 흔들렸고, 깡마른 사내와 실랑
이하던 털보가 놀라 뒤돌아보았다.

"뭔 개소리야! 그거 입지 마! 임신 벌레 입어야지 아가
씨! 내 코트랑 바꿔!"

털보가 코트를 내밀던 찰나에 깡마른 사내가 그 가죽
코트를 잽싸게 잡아챘다.

"어엇!"

"이익!"

황급히 힘을 준 털보가 가죽 코트를 빼앗기지 않으려 막아서고, 그 사이 중년 여성이 젊은 여인에게 다시 소리질렀다.

"아 뭐 해! 어서 입어! 고민하다가 죽을 거야? 남자들한테 힘으로 될 것 같아?"

젊은 여인은 자기도 모르게 허둥지둥 롱코트를 입어버렸다. 가죽 코트에 힘을 쓰고 있던 털보 사내의 입에서 욕설이 튀어나왔다.

"아오! 그걸 입으면 어떡해! 내 로또라고! 아아아악!"

분노한 털보가 소리 지르며 양팔을 빼냈고, 그 힘으로 깡마른 사내가 튕겨 나가 나뒹굴었다. 씩씩대던 털보가 젊은 여인에게 잡아먹을 듯이 다가갔다.

"미쳤어? 나랑 바꾸기로 했잖아! 왜 그걸 입냐고!"

"아, 아니. 그건 저 아줌마가 입으라고 계속…."

"그 말을 왜 듣냐고! 저 벌레 같은 여자가 죽으라면 죽을 거야?"

젊은 여인은 겁에 질려서 중년 여성 핑계만 댔다.

"저, 저 아줌마가 입으라고 해서 저는 그냥!"

털보도 중년 여성을 돌아보며 욕설을 퍼부었다.

"저 미친 여자가 진짜! 당신 뭔데 참견이야 진짜!"

"뭘! 내가 뭘! 살려 줘도 지랄이야 저년은!"

"저 미친 진짜!"

털보는 이를 갈다가 다시 젊은 여인을 돌아보며 무섭게 말했다.

"당신 나랑 바꾸기로 했는데 안 바꾼 거야! 당신 잘못인 거 알지? 그러니까 당신 나가서 로또 사면, 그 당첨금 내 거야! 알겠어?"

"그, 그…."

"알겠냐고!"

"네! 네!"

겁에 질린 젊은 여인은 움츠러들고, 털보는 몇 번이고 윽박질렀다. 그때, 종전의 결투로 쓰러져 있던 깡마른 사내가 털보에게 뛰어들며 그를 넘어뜨렸다.

"으아아!"

"어억!"

털보가 바닥으로 넘어지자마자 이를 악문 깡마른 사내가 가죽 코트를 빼 들고 일어났다. 잽싸게 코트를 입으려 했지만, 털보가 그의 다리를 잡고 넘어뜨렸다.

"어딜!"

"큭!"

엎치락뒤치락 격렬하게 구르며 몸싸움이 이어지다가, 깡마른 사내를 위에서 제압한 털보가 의자를 들고 그를 내려찍었다.

"이 새끼야!"

"컥!"

"이 새끼! 이 새끼! 이 새끼!"

죽일 듯 사내를 패던 털보는 기어이 깡마른 사내의 품에서 코트를 뺏어 일어났다. 그런 이후에도 그의 폭력은 멈추지 않았다.

"이 새끼! 이 새끼!"

겁에 질린 채 지켜보던 젊은 여인이 비명을 내질렀다.

"그만요! 죽어요! 그러다 죽어요! 그만해요!"

"어차피 죽어! 지금 죽으나 나중에 죽으나!"

"제발요! 죽어요 진짜!"

털보는 겨우 이성을 되찾은 듯 멈췄다. 거친 숨을 몰아 쉬던 털보는 비틀대며 가죽 코트를 입은 뒤 주저앉았다. 깡마른 사내는 바닥에 쓰러진 채 혼미한 상태로 꿈틀거렸다.

"세상에…. 세상에…."

젊은 여인도 주저앉아 덜덜 떨기만 했다. 말 한마디 없는 정적 속에 깡마른 사내의 신음과 털보의 거친 숨소리만 들려왔다. 그 기묘한 정적 속, 중년 여성이 움직이기 시작했다. 중년 여성은 자신의 명품 코트를 들고 깡마른 사내에게로 다가갔다. 다른 두 사람은 그녀의 행동을 의아하게 바라보았다. 그녀가 깡마른 사내에게 자신의 명품 코트를 입히기 시작한 것이다. 털보의 미간이 일그러졌다.

"뭔 짓거리야?"

"이제 곧 자정인데, 그냥 두면 벌레가 된다잖아."

"그걸 입히면 죽는데?"

"벌레가 되는 것보단 낫지."

"음···."

깡마른 사내의 상태가 워낙 좋지 않았기에, 중년 여성은 겨우겨우 힘겹게 그녀의 코트를 사내에게 입혔다. 두 사람은 그녀의 행동을 이해할 수 없었다. 겨우 허리를 펴고 일어난 중년 여성은 앓는 소리를 내며 시계를 확인했다. 시계가 자정을 지나는 순간, 문이 열리며 주인장이 나타났다.

"흐아아암! 잠이 너무 쏟아지네요. 여러분 이제 가게

마감할 시간입니다."

주인장의 축객령에도 네 사람은 쉽게 움직이질 못했
다. 눈치를 보던 그때, 주인장이 털보 사내의 목깃을 향
해 손가락질했다.

"근데, 그 가죽 코트의 벌레가 거의 목깃에 닿은 것 같
습니다?"

"응? 아!"

코트를 내려다본 털보의 얼굴이 일그러지며 젊은 여
인에게 소리 질렀다.

"이 나이에 내가 무슨 임신이 필요해 진짜! 그걸 왜 안
바꾸고 홀랑 입어서 말이야 진짜! 아가씨 무조건 로또
당첨금 나한테 줘야 해 알지?"

"네…."

젊은 여인이 겁에 질려 고개만 주억거릴 때, 중년 여인
이 콧방귀를 뀌었다.

"주긴 뭘 줘?"

"뭐?"

털보 사내가 눈을 치켜뜨며 벌떡 일어났다.

"이 아줌마가 그러고 보니, 자꾸 참견질이네! 아줌마
때문에 이렇게 된 거잖아 이 미친 여편네야!"

벌레들의 긴급한 밤

젊은 여인도 중년 여인을 원망하는 눈으로 바라보았다. 그 순간, 털보 사내의 목깃에 벌레가 닿았다.

"윽! 망할 임신!"

털보 사내가 짜증스레 두 눈을 질끈 감았다. 이윽고 그가 눈을 다시 뜨자, 눈동자에 비친 벌레가 춤을 추었다. 그런데.

"컥!"

두 눈이 뒤집힌 털보 사내가 통나무처럼 "쿵!" 쓰러졌다. 젊은 여인이 휘둥그레진 눈으로 그 모습을 지켜보았지만, 중년 여성은 아무렇지도 않은 얼굴이었다. 그녀는 담담하게 말했다.

"내 코트 짝퉁이야."

"예?"

"10만 원도 안 해."

"뭐라고요?"

젊은 여인의 두 눈이 부릅떠졌다. 중년 여성은 아무렇지 않은 듯 의자로 가 앉았다. 혼란에 빠진 젊은 여인은 쓰러진 가죽 코트의 털보를 보았다가, 중년 여성을 돌아보았다가, 바닥에 쓰러진 깡마른 사내를 보았다.

"명품 코트가 짝퉁이면 가장 비싼 코트는 가죽 코트

고, 롱코트가 두 번째니까? 아아아아!"

젊은 여인의 몸이 가늘게 떨렸다. 그녀가 입고 있는 지금 이 코트의 벌레가 두 번째로 희귀한 임신 벌레라는 말 아닌가? 곧이어, 그녀의 시선이 바닥에 쓰러진 깡마른 사내에게로 향했다. 그럼 사내가 입은 명품 코트는 가장 싼 영감 벌레다. 중년 여성을 돌아본 젊은 여인의 눈동자가 사정없이 흔들렸다. 자신에게 계속 그 코트를 입으라고 소리 질렀던 모습, 혼미한 깡마른 사내에게 굳이 애써 코트를 입힌 모습이 스쳐 갔다.

"왜…?"

왜 모두를 도와주었느냐는 젊은 여인의 물음에 중년 여성은 돌아보지도 않고 말했다.

"할 수 있으니까. 안 할 이유도 없는데, 그게 뭐라고. 왜긴 뭔 놈의 왜야."

젊은 여인은 멍하니 아무 말도 못 했다. 주인장은 하품하며 가게를 뒷정리했다. 젊은 여인은 중년 여성에게 깊이 고개를 숙였다. 벌레들의 긴급한 밤은 그렇게 끝났다.

천국이냐 지옥이냐

"아주 간단한 일이니까 한 시간 정도만 시간을 내주시면 됩니다."

커다란 책상 하나를 둔 단정한 응접실. 검은 양복을 깔끔하게 차려입은 사내가 김남우에게 자리를 권했다. 단기 아르바이트 전단을 보고 찾아온 김남우는 어정쩡한 자세로 의자에 앉았고, 사내가 설명을 시작했다.

"전단에서 보셨다시피 50만 원에 보너스가 있습니다. 방식은 제 질문에 대답만 해 주시면 됩니다."

"아…. 네. 혹시 설문 조사 같은 겁니까?"

"그것과는 조금 다릅니다. 일단 시작할까요? 김남우 씨, 지난 30년간 살면서 가까운 사람의 죽음을 몇 번이나 경험하셨습니까?"

"네?"

"인간은 모두 언젠가 죽지 않습니까. 그로 인한 이별은 정말 슬프지만, 받아들일 수밖에 없지요. 천천히 잘 생각해 보시죠. 살면서 가까운 사람의 죽음을 모두 몇 번이나 경험해 보셨죠?"

김남우의 표정이 어두워졌다. 하지만 50만 원은 백수인 그에게 무척 큰돈이었다.

"몇 해 전에 아버지가 돌아가셨고, 할머니도 어렸을

때 돌아가셨습니다. 아, 대학교 때 친구도 한 명…."

"아이고. 유감입니다. 그럼, 그 세 분에 관한 이야기를 좀 부탁드려도 되겠습니까? 먼저 아버지는 생전에 어떤 분이셨죠?"

"어떤 분이라니요?"

"좋은 사람이었습니까? 그분에 관한 기억을 최대한 자세하게 모두 말씀해 주세요. 조금 꺼려지시더라도, 그게 조건입니다. 원치 않으면 나가셔도 됩니다."

김남우는 찜찜했지만 천천히 이야기를 시작했다.

"아버지는…. 네, 좋은 사람이었습니다. 아버지는 경찰이셨습니다. 겉보기엔 거칠지 몰라도 무척 자상하셨죠. 음. 낚시에 자주 데려가셨는데 문어를 낚아서 제가 울었던 기억이 나네요. 가족이 생일을 맞으면 무조건 행운가든에 갔습니다. 그날만큼은 한우를 원 없이 먹었죠. 그리고 야구를 참 좋아하셨는데, 롯데가 이기는 날이면 용돈을 주셨습니다. 아! 그리고 가끔 주말에 아버지를 따라 연탄 자원봉사도 다녔습니다. 그리고…."

이야기하면 할수록 김남우의 표정이 부드러워졌다. 아버지에 관한 대략적인 이야기를 끝냈을 때, 김남우의 눈시울이 조금 붉어져 있었다.

천국이냐 지옥이냐

"잘 들었습니다. 무척 좋은 분이셨군요. 자, 다음은 할머니에 대해서 말씀해 주시겠어요? 할머니도 좋은 분이셨겠죠?"

사내의 질문에 김남우는 잠깐 생각을 정리한 뒤 말을 이어갔다.

"네. 할머니는 시장에서 한복집을 하셨습니다. 부모님이 맞벌이였기 때문에 저는 거의 할머니의 손에 자랐습니다. 집에는 할머니의 재봉틀이 있었는데, 제 모든 옷, 심지어 교복조차 할머니의 손때가 탔었죠. 그리고 군밤. 군밤을 자주 구워 주셨는데, 그게 정말 맛있었습니다. 집 반찬도 사실 할머니가 거의 다 하셨기 때문에, 집밥 하면 저는 항상 할머니의 손맛이 떠오릅니다. 한번은 제가 동네에서 무서운 형들한테 얻어맞고 온 적이 있었는데, 그때 할머니와 시장 상인분들이 단체로 나서 주셨죠. 그리고…."

할머니와의 추억을 얘기하던 김남우는 뭉클해졌다. 사내는 고개를 끄덕이며 마지막으로 부탁했다.

"할머니 역시 좋은 분이셨군요. 그럼 친구분은 어떤 분이셨죠?"

"네. 녀석은 대학에서 처음 만난 친구인데, 말을 엄청

재밌게 하는 친구였습니다. 머리가 좋았죠. 그렇게 일찍 갈 친구가 아니었는데 교통사고로 그만…. 그 친구는 사진작가가 꿈이었습니다. 그 친구에게 사진 한 번 안 찍혀 본 녀석은 없었을 겁니다. 한번은 녀석이 가발 벗은 교수님 모습을 찍었단 소문이 나서 난리가 났었는데, 그걸 학점과 교환했다는 말도 있었습니다. 그 친구는 우리 중 사회생활을 가장 일찍 시작했습니다. 방송국에서 아르바이트도 했는데, 우리끼리 있을 땐 밥값을 곧잘 내곤 했죠. 그리고…."

친구와의 추억을 말하는 김남우의 표정에는 웃음과 그리움이 서렸다. 그가 회상을 끝내자 사내는 서랍에서 봉투 하나를 꺼내 건넸다.

"이야기 모두 잘 들었습니다. 어려운 말씀을 해 주셔서 정말 감사합니다. 약속한 50만 원입니다."

"감사합니다."

"근데 제가 한 가지 궁금한 게 있는데 말입니다. 그 세 분이 모두 참 좋은 분이라고 하셨죠?"

"예? 네, 그렇습니다."

"그럼 그분들은 지금 천국에 있을까요? 아니면 지옥

천국이냐 지옥이냐

에 있을까요?"

"예?"

사내는 장난스러운 표정으로 손가락을 하나 세워 포즈를 취하며 말했다.

"저와 게임 하나 하지 않으시겠습니까? 게임에서 정답을 맞히면 10억 원을 드리겠습니다."

"뭐라고요?"

사내는 책상 밑에서 가방 하나를 꺼내 책상 위에 내려놓았다. 가방의 지퍼를 연 순간, 5만 원권 다발이 쏟아졌다. 두 눈을 부릅뜬 김남우의 시선이 돈다발을 꿰뚫을 듯했다. 사내는 웃으며 말했다.

"제 질문의 정답을 맞히면 10억 원을 드리겠습니다. 어차피 밑져야 본전 아닙니까? 제 질문에 답변하시겠습니까?"

돈다발을 보며 침을 꿀꺽 삼킨 김남우가 물었다.

"어, 어떤 질문입니까?"

"제게 말했던 그 세 분. 그 세 분의 현 소재는 어디일까요?"

"예?"

"천국에 계실지 지옥에 계실지, 세 분의 현 소재를 모두 맞히시면 10억 원입니다."

"뭐라고요?"

김남우가 황당함을 표하던 그때, 사내가 손가락을 "딱!" 튕겼다. 그러자 마법이라도 일어난 것처럼 김남우의 표정이 백팔십도 돌변했다.

"모두 사실이군요! 어? 어?"

김남우 스스로도 이해할 수 없었지만, 사내의 말이 사실이라고 믿게 되었다. 지옥이니 천국이니, 사내가 정말 10억 원을 줄 거란 사실까지도 철석같이 믿게 되었다. 그걸 믿는 자신의 모습에 혼란스러워할 때, 사내가 은근하게 물었다.

"자, 그럼 현재 그 세 분의 소재는 어디일까요? 천국입니까 지옥입니까?"

"그야 당연히 천국…."

"기회는 딱 한 번뿐입니다. 그분들이 각각 어디에 계실지, 한 명씩 대답하시겠습니까? 모두 일치하면 10억입니다."

"10억…!"

"내일까지 시간을 드리겠습니다. 집에 가서 천천히 생각해 보시고 결정하시면 돌아오세요."

사내는 책상 위 돈다발을 주섬주섬 가방에 담았다. 김남우는 떨리는 눈빛으로 그 모습을 지켜보다가 가게를 나섰다.

집으로 돌아가는 길, 김남우의 심장이 쿵쾅거렸다. 정답을 맞히면 10억이라니? 언감생심 평생 만질 수도 없는 액수가 아닌가? 시간이 지나 점차 흥분이 가라앉을수록 김남우는 이것이 일생일대의 기회라고 생각했다. 김남우는 신중하게 고민했다.

'과연 세 사람 모두 천국에 있을까?'

모두 천국에 있다고 답하는 게 정답일까 과연? 사실 아버지와 할머니는 몰라도, 친구 최무정은 그리 깊이 있게 지낸 사이는 아니었다.

"무정이…. 무정이…."

최무정에 대해 계속 생각하던 김남우는 끝내 대학 동창들에게 전화를 돌리기 시작했다.

"어, 치열이냐? 오랜만이다. 그래. 다른 건 아니고, 너 혹시 대학교 때 죽었던 무정이 기억나? 그 왜 사진 잘 찍던…. 어어. 걔 말이야. 좀… 착했지? 그러니까, 질문이 좀 이상한데, 지금 천국에 있을까?"

김남우는 여기저기 전화를 돌렸고, 한 여자 동기에게서 충격적인 사실을 듣게 되었다.

"뭐라고? 걔가 애인 몰카를 찍었다고? 진짜야 그거? 아니 그걸 왜 나는 몰랐어?"

"야, 그거 터지려고 할 때 걔가 사고로 죽은 거잖아. 죽는 바람에 쉬쉬한 거지, 아는 애들은 다 알걸?"

"허…. 아, 아무튼 고맙다."

전화를 끊은 김남우는 놀라면서도 내심 전화를 돌리길 잘했다고 생각했다. 그렇게 인기 많고 사람 좋던 녀석이 설마 몰카범이었다니?

"지옥… 이겠지?"

김남우는 녀석의 소재를 지옥으로 확신했다. 그러자 김남우는 또 다른 생각에 사로잡혀 버렸다.

'과연 아버지는 지금 천국에 계실까?'

죽은 친구의 몰랐던 면은 그에게 충격을 줬다. 다 안다고 생각했던 사람의 모습을 내가 정말 다 아는 걸까? 밤새 고민하다 잠든 김남우는 다음 날 아침 어머니에게 진지하게 물었다.

"엄마. 아빠는 지금 천국에 있을까?"

"뭐? 아침부터 갑자기 뭔 뚱딴지같은 소리니?"

"아니 아빠 말이야. 천국에 가 있을까 싶어서. 아빠 좋은 일 많이 했잖아."

"헹! 천국은 무슨."

"응? 왜?"

순간, 자세를 고쳐 앉은 어머니가 목소리를 높였다.

"그래 잘됐다! 너도 컸으니 하는 말인데, 네 아빠 바람 때문에 엄마가 얼마나 울었는지 알아?"

"뭐? 아빠가?"

"그래! 어휴. 진짜 그 인간!"

물꼬를 튼 어머니는 눈살을 찌푸리며 아버지의 험담을 쏟아냈다. 다소 흥분했던 어머니는 마지막으로 진절머리를 내며 화장실로 향했다.

"그 인간이 천국에 있으면 엄마가 왜 교회를 다니겠니? 그 인간 안 만나려고 교회 다니는데!"

"어어…?"

김남우의 표정이 멍해졌다. 정의롭고 좋은 사람으로만 알고 있었던 아빠가? 한참 만에 충격에서 빠져나온 김남우는 인정할 수밖에 없었다. 아버지는 어머니에게 결코 좋은 사람이 아니었단 걸.

"그럼 아버지가 지옥에 있다고…?"

김남우는 허탈했지만, 그게 끝이 아니었다. 삼촌이나 아버지 친구에게 전화를 걸어 들은 얘기는 아버지가 결코 정의롭지만은 않았다는 사실들이었다. 처벌받지 않은 폭행도 몇 건 있었고, 적지만 뇌물을 받은 적도 있었다. 아버지에 관한 대답을 지옥으로 하기로 마음을 굳힌 김남우는 생각했다. 이 세상에 이유 없는 일은 없단 것을 말이다. 천국에 있을 거라고 믿어 왔던 두 사람이 현재 지옥이라면, 할머니는? 남자가 괜히 이런 게임을 제안했겠는가?

"할머니가 설마…."

할머니에 관한 의심은 김남우를 괴롭게 했다. 그가 아는 할머니는 세상에서 가장 좋은 사람이었지만, 이제 인간은 입체적인 존재란 걸 알게 되지 않았는가. 과연 할머니는 모두에게도 좋은 사람이었을까?

"엄마. 할머니 말이야. 할머니는 천국에 있을까?"

"할머니? 흠. 글쎄다? 그러지 않을까?"

"그래…?"

김남우는 할머니에 관한 판단을 내리기가 힘들었다. 그러나 그는 오늘 안에 대답해야 했고, 그 대답에는 10억 원이 걸려 있었다. 집 밖으로 나선 김남우는 정말 오랜만에 시장을 찾아갔다. 할머니가 하시던 한복집 근처를 다니며, 할머니를 알았던 분들과 만났다.

"어머 세상에! 남우여? 오랜만이다 정말!"

"안녕하셨어요? 그대로시네요."

김남우는 조심스럽게 할머니에 대해 탐문했다. 손자가 할머니의 나쁜 점을 묻는다는 건 무척 어려운 일이었지만, 최대한 돌려 말했다.

"할머니 일기장을 발견했는데, 꼭 사과했어야 할 일이 있는데 못 한 걸 아쉬워하시더라고요. 혹시 그게 뭔지 아실까요? 대신 사과하면 하늘에 계신 할머니도 좋아하실 것 같아서요."

시간이 흘러 저녁, 탐문을 끝내고 시장을 나선 김남우의 표정이 애매했다. 그가 오늘 알아본 할머니는 그의 기억 속에서만큼 미화된 모습은 아니었지만, 그렇다고 극악한 악인도 아니었다. 고작해야 곗돈 문제로 50만 원의 부당 이득을 취한 일 정도였다. 과연 그걸로 지옥에 갈까? 죄보다 잘한 일이 더 많을 텐데? 할머니의 소재를 어디로 답할지 결정하지 못한 채, 김남우는 사내의 가게로 발걸음을 옮겼다. 가는 동안에도 그는 끊임없이 고민했다. 할머니는 천국일까 지옥일까?

가게 문 앞에 도착했을 때, 김남우는 결정했다. 할머니는 역시 천국에 있을 거라고. 자신이 아는 할머니는 세상에서 제일 좋은 사람이라고. 그러나 문을 열고 책상 위에 돈다발을 올려 둔 채 웃고 있는 사내를 본 순간, 김남우의 생각은 흔들렸다. 저 남자가 그냥 이런 제안을 했을 리가 없다! 저 악마 같은 사내가! 사내 앞에 앉은 김남우는 사내의 질문에 두 가지 대답을 먼저 했다.

"그 친구는 지금 지옥에 있을 겁니다. 아버지도 지금 지옥에 있을 겁니다."

"좋습니다. 그럼 할머니는 지금 어디에 계실까요?"

김남우는 쉽게 입을 열지 못했다. 할머니는 정말 천국인가? 할머니의 나쁜 점은 없나? 할머니가 피해를 준 사람은? 어릴 적 할머니가 욕하는 전화 통화를 들은 적이 있는데? 할머니는 정말 모두에게 좋은 사람이었나? 김남우가 대답을 망설이자 사내가 재촉했다.

"어서 대답해 주시죠."

"할머니는…. 할머니는…. 할머니는…."

"네. 할머니는?"

"할머니는…."

김남우는 문득 생각했다. 할머니가 곗돈 문제로 50만

원을 갚지 않았단 것, 그리고 처음 사내에게 받은 시급이 50만 원이었다는 사실을 말이다.

"지옥에 계십니다."

"좋습니다. 세 분 모두 지옥으로 대답하셨습니다. 그럼 정답은⋯."

고개를 끄덕인 사내는 가만히 김남우를 바라보았다. 김남우의 심장이 미친 듯이 뛰었다. 한참 만에 사내가 고개를 끄덕이며 돈다발이 든 가방을 앞으로 밀었다.

"축하드립니다. 10억 원을 가져가시죠."

"아! 아아!"

김남우의 입이 귀까지 찢어졌다. 지금 이 순간, 그의 머릿속에 할머니에 대한 생각은 단 하나도 없었다.

*

나이 79세. 조금 이른 나이에 임종을 앞둔 김남우는 인생에 후회가 없었다. 꽤 괜찮은 인생을 살았다고 자부했다. 젊은 시절의 그 경험 때문이다. 지옥과 천국이 실제로 존재한다는 사실을 알게 된 김남우는 삶의 태도가 달라졌다. 지옥에 떨어진 그 세 사람과는 다르게 살아야 했다. 그는 최대한 욕먹지 않는 삶을 살기 위해 노력했고, 주변에도 많이 베풀었다. 물론 여유는 곳간에서 나온다고, 인생을 부유하게 살도록 해 준 종잣돈 10억 원의 역할이 크긴 했다. 큰 피해를 주지 않고 살아왔다고 자부한 김남우는 지금 이 순간, 편안한 상태로 눈을 감았다.

저승에서 눈을 뜬 김남우를 저승사자가 안내했다. 어색하게 그 뒤를 따라나선 김남우는 조심스럽게 물었다.

"저, 지금 혹시 어디로 가는 거죠? 목적지가…?"

"천국으로 가고 있습니다."

"아아아! 제가 잘 살았군요. 그래도 제가 잘 살아서 천국에 가게 되는군요."

김남우가 감격에 겨워하자 저승사자가 고개를 저으며 말했다.

"아. 그건 아직 모르고요. 죽은 사람들은 모두 천국행입니다. 그게 기본값이죠."

"예?"

"아래에서 일하는 친구가 있거든요. 천국에서 지내다 보면 당신을 아는 누군가에게 그 친구가 찾아갈 겁니다. 그 누군가의 대답으로 소재가 변경되는 거죠. 지옥이라

답하면 지옥으로, 천국이라 답하면 천국으로."

"뭐라고요?"

"선과 도덕이라는 건 인간의 기준이지 않습니까? 그러니 천국과 지옥도 인간들의 손에 맡기는 거죠. 당신을 잘 아는 누군가가 어떤 평가를 할지, 두고 봅시다. 그때까지는 천국에서 편하게 대기하시기를요."

멍하니 굳어 버린 김남우는 이내 후회의 눈물을 흘렸다. 할머니를 악인으로 만든 건 다름 아닌 자신이었다는 사실에….

죽음의 방탈출

「신청자 번호 43번 김남우입니다. 전국에 웬만한 방탈출은 다 해 봤습니다. 가게 사장님들이 저한테 베타테스트를 부탁할 정도입니다.」

「신청자 번호 74번 최무정. 서울대학교 졸업에 멘사 회원 정도면 자격은 충분하지 않나?」

「신청자 번호 3번 공치열이요. 방탈출 잘한다는 사람들 많지만, 실제로 가게에서 일해 본 사람보다 잘할까요? 아르바이트만 4년 했고, 창업 준비 중이에요. 상금만 타면 레전드 방탈출 카페를 만들 자신이 있다니까요?」

「신청자 번호 99번 정재준입니다. 제 취미는 방탈출 타임 어택입니다. 방탈출 카페 벽에 걸린 명예의 전당 사진 아시죠? 거기에 제 사진 없는 곳이 없을 겁니다.」

묵직한 철문이 단단히 잠긴 방의 한가운데, 저마다 방탈출의 천재라고 자부한 네 사람이 안대를 쓰고 대기 중이다. 방 안 스피커를 통해 목소리가 들려왔다.

「다시 한번 말하지만, 이것은 장난이 아닙니다. 실제 상황입니다. 최종 방탈출 상금 10억 원도 실제고, 여러분이 미리 사인한 동의서도 실제입니다. 시간제한은 없지만, 중도 포기는 불가능합니다. 이 방은 밖에서는 절대로 열리지 않습니다. 식량 또한 주어지지 않습니다. 생존은

오직 여러분의 능력에 달려 있습니다. 지금부터 '죽음의
방탈출'을 시작하겠습니다. 안대를 벗어 주세요.」

네 사람은 안대를 벗고 빠르게 주변을 살펴보았다. 방
탈출 전문가다운 행동이었는데, 네 사람 모두 동시에 당
황했다.

"뭐야?"

"뭐가 이렇게 없어?"

시멘트벽과 바닥 외에 보이는 게 거의 없었다. 가장 먼
저 눈에 띈 것은 네 사람 발밑에 놓인 종이가방 두 개였
다. 열려 있는 종이가방을 가장 먼저 들여다본 공치열의
눈이 휘둥그레졌다.

"어? 이거 돈이야? 세상에!"

종이가방에는 5만 원권 뭉치가 가득했는데, 최무정이
한눈에 가늠했다.

"한 묶음당 100장이라 치고, 설마 10억인가?"

「그렇습니다. 10억은 선지급입니다. 어차피 들고 도망
가지도 못하실 테니까 말입니다.」

네 사람의 고개가 천장의 스피커로 향했다.

「방을 이동하실 때 상금도 꼭 챙겨 가시길 바랍니다.」

김남우는 빠르게 앉아서 돈다발들이 신문지가 아닌지

확인했다. 일일이 일련번호까지 살펴본 김남우가 다른 셋을 돌아보며 말했다.

"저, 정말 진짜 현금인가 본데요 이거?"

"대박! 대박! 대박 대박 대박!"

펄쩍 뛰면서 흥분하는 공치열처럼, 다른 두 사람의 표정도 상기되었다.

"넷이 나눠도 2억 5000만 원이잖아! 이건 진짜 무조건 탈출해야 합니다! 무조건!"

"모두 어떤 문제든 자신 있으신 분들이시죠? 여러분 우리 무조건 성공합시다!"

흥분감이 고조될 때, 최무정이 침착하게 말했다.

"근데, 그럼 뭘 풀어야 하는 겁니까?"

모두가 그 말에 공감할 수밖에 없었다. 방 안이 너무 휑했다. 네 사람은 동시에 한쪽 벽으로 향했다. 이 방 안에서 유일하게 무언가가 있는 곳은 거기뿐이었다. 접시 네 개에 찹쌀떡이 하나씩 올라가 있었는데, 쇠로 된 포크가 꽂혀 있었다.

"이게 뭘까요?"

"일단 원래 상태를 기억해 둡시다. 만지기 전에."

"포크 방향이나 그런 게 혹시 뭐 있나⋯."

모두 각자의 노하우로 접시를 관찰할 때, 스피커가 울렸다.

「네 개의 찹쌀떡 중 하나에는 독약이 들어 있습니다.」

"어?"

「죽음의 방탈출은 오직 한 가지 탈출 방법만이 존재합니다. '한 사람이 죽으면 문이 열린다.' 죽음이 곧 열쇠입니다.」

"뭐라고?"

네 사람은 당황했다. 정재준이 바로 스피커를 향해 물었다.

"그게 무슨 말입니까? 한 사람이 죽으면 문이 열린다니요? 설마 지금, 독이 든 찹쌀떡을 먹고 한 사람이 죽어야 한다는 말입니까?"

「그러면 문은 열립니다.」

"그게 무슨⋯. 이 테마가 그런 콘셉트인 겁니까?"

「처음에 말씀드렸습니다. 이 모든 건 실제 상황이라고 말입니다. 현금 10억 원이 콘셉트 같습니까?」

종이가방을 돌아본 네 사람의 눈동자가 흔들렸다. 그리고 그 순간, "탕!" 한 발의 총성이 울리며 그들 근처로 총알이 날아와 박혔다.

"으흭!"

"무, 뭣!"

「독약의 효과가 나타나서 사망하기까지의 시간이 너무 오래 걸리니까, 인도적 차원에서 그 고통을 덜어 드리겠습니다.」

네 사람의 안색이 새하얗게 질렸다. 바닥의 총알 자국은 이게 정말 장난이 아니라는 걸 뼈저리게 말해 주고 있었다.

"미친! 미쳤어!"

「처음에 말씀드렸다시피, 중도 포기는 불가능합니다. 게임을 진행해 주시길 바랍니다.」

"미쳤냐고!"

"왜, 왜 이러세요! 살려 주세요! 저 죽기 싫어요!"

공치열은 벌써 눈에 눈물이 고인 채 빌기 시작했고, 다른 세 사람도 혼란에서 쉽게 빠져나오질 못했다.

「한 사람이 죽으면 문이 열린다. 다음 방으로 이동하길 원한다면 게임을 진행하시길 바랍니다.」

"개소리하지 말라고!"

「한 사람이 죽으면 문이 열린다. 다음 방으로 이동하

길 원한다면 게임을 진행하시길 바랍니다.」

계속해서 스피커를 향해 항의하던 네 사람은 어떻게 해도 이 상황에서 벗어날 수 없다는 사실만 확인하게 되었다. 그러자 김남우가 울분을 터트렸다.

"무슨 게임을 진행해! 찹쌀떡 넷 중 하나에 독약이 들어 있으니까 고르라고? 이건 방탈출도 아니고 뭣도 아니고, 그냥 운이잖아! 이럴 거면 왜 테스트까지 하며 방탈출 고수를 뽑은 건데? 무슨 머리 쓰는 게 필요하다고!"

「모든 게임에는 반드시 필승법이 존재합니다.」

"필승법은 무슨 개뿔! 복불복이잖아!"

「필승법은 분명 존재합니다.」

"아오! 저!"

네 사람과 스피커는 대화가 안 통했다. 한참이나 시간이 지난 뒤, 최무정이 모두에게 말했다.

"우리가 실험동물이 된 걸 인정합시다. 근데 난 굶어 죽기는 싫습니다. 식량도 없고, 물도 없습니다. 아까 여러분도 다 시도해 봤다시피, 방에서 나갈 방법도 없고. 찹쌀떡을 먹는 것밖에 우리에게 선택지가 없다는 걸 인정합시다."

감정적으로는 정말 인정하기 싫었지만, 맞는 말이었

죽음의 방탈출

다. 김남우가 물었다.

"그래서 어쩌자는 겁니까?"

"각자 찹쌀떡을 하나씩 고릅시다."

"어떤 기준으로 그걸…."

"자기가 원하는 걸 고릅시다. 선착순으로."

"잠깐만 그건 정말 복불복인…."

김남우는 말하던 순간, 무언가를 깨달은 듯 입을 다물었다. 그의 머릿속에 아까 스피커에서 나왔던 그 말이 떠올랐다.

'필승법은 분명 존재합니다.'

김남우는 신중한 눈빛으로 바닥의 찹쌀떡들을 살피기 시작했다. 필승법이 존재한다? 저 중에 어떤 찹쌀떡이 독약인지, 알 수 있다는 말인가? 김남우뿐만이 아니라, 정재준과 공치열도 무언가를 파악한 것처럼 찹쌀떡을 노려보기 시작했다. 최무정이 셋을 향해 물었다.

"그럼 모두가 동의하신 거로 알겠습니다. 맞습니까?"

암묵적으로 동의가 이루어질 것 같은 그때, 김남우가 황급히 말했다.

"30분! 30분 뒤에 시작합시다."

"아! 그래요. 30분은 시간을 둔 뒤 골라요!"

공치열까지 그 말에 동의하고 나서자, 최무정과 정재 준도 고개를 끄덕였다. 그때부터 네 사람은 모두 심각한 얼굴로 찹쌀떡을 살피기 시작했다. 지금 그들의 머릿속 은 세상에서 가장 어려운 방탈출 문제를 눈앞에 둔 것처 럼 팽팽하게 모든 문제 유형을 연결하고 있었다. 김남우 는 자기도 모르게 작게 중얼거렸다.

"필승법…. 필승법이라…."

찹쌀떡에 꽂힌 포크의 각도가 조금씩 달랐다. 포크가 찍힌 깊이도 달랐고, 위치도 달랐다. 접시 위에 놓인 위 치도 그랬고, 접시 가장자리의 문양도 신경 쓰였다. 골똘 히 생각에 잠긴 김남우는 별안간 옆에서 들려온 공치열 의 괴성에 화들짝 놀랐다.

"찾았다! 찾았어!"

모두가 놀라 공치열을 바라보자, 과호흡이 온 듯한 공 치열이 광기에 찬 눈빛으로 외쳐댔다.

"난 살 거야! 이런 데서 안 죽어! 무조건 살 거라고!"

김남우는 그를 진정시키는 것보다도 솔직히 뭘 찾았 는지 묻고 싶었다. 그러나 정재준의 중얼거림에 현실을 깨닫고 말았다.

"방탈출이라고 해서 넷이 같은 편일 줄 알았더니…."

그렇다. 지금은 누가 누구를 도울 형편이 아니었다.

"30분이 지난 것 같습니다."

시간을 고지한 최무정의 표정에는 무언가 확신 같은 게 느껴졌고, 그것이 김남우를 또 불안하게 했다. 공치열에 이어 이 사람도 무언가를 알아낸 걸까?

"모두 동의했죠? 30분 지나면 선착순인 거! 나 먼저 골라요!"

"아!"

누구 하나 말릴 새도 없이, 공치열이 접시 하나를 골라서 옆으로 빠졌다. 움찔 놀란 김남우가 그걸 보고만 있을 때, 최무정도 빠르게 움직였다.

"저도 고릅니다."

"아!"

남은 찹쌀떡은 두 개. 김남우의 시선이 자연스럽게 정재준에게로 향한 순간, 정재준이 바로 달려들었다.

"나, 난 이겁니다!"

"아, 잠깐, 아!"

김남우는 당황했지만, 접시를 든 정재준은 절대 뺏기지 않겠다는 모양새로 멀어진 뒤였다. 김남우는 남겨진 찹쌀떡을 집어 들지도 않았다. 마지막 남은 찹쌀떡이 독약처럼 느껴졌다.

"아니, 이렇게 그냥 골라 버리면 어떡합니까!"

"아까 모두 분명히 동의했습니다. 30분 뒤, 선착순으로 정한다고요."

"아니 아무리 그래도!"

"어쩌자는 겁니까? 지금 바꿀 기회를 준다는 게 더 비합리적이란 생각 안 합니까?"

김남우는 세 사람의 시선에서, 이미 그들이 한편이라는 걸 느꼈다. 얼굴을 일그러뜨린 그는 어쩔 수 없이 마지막 접시를 들었다. 모두가 접시를 들자 최무정이 어렵게 운을 뗐다.

"그러면…. 먹읍시다."

그러나 누구 하나 먹으려 들지 않았다. 김남우가 비아냥대듯이 말했다.

"선착순 좋네. 누가 먼저 먹을 건지도 선착순으로 합시다."

"그건…."

"비합리적이지 않은 것 같은데 말입니다? 선착순으로 골라서 이득을 본 만큼, 먹는 순서에서 불이익을 가져가는 게 합리적이지 않습니까?"

죽음의 방탈출

최무정의 미간이 좁아질 때, 정재준도 김남우의 말에
동조하고 나섰다.

　"그렇게 하지요. 고른 순서대로 먹읍시다."

　"내가 먹기 전에 앞사람이 독약에 당첨되면 얼마나 안
심이 되겠습니까? 인간인 이상 그 기분을 느끼고 싶은
건 이해하는데, 어차피 바꿀 기회가 없다면 운명은 정해
져 있는 거 아닙니까? 그냥 선착순으로 합시다."

　김남우의 정곡을 찌르는 말에 공치열과 최무정은 아
무 말도 못 했다. 김남우와 정재준이 가장 첫 번째 순서
인 공치열을 돌아보았고, 결국 최무정도 공치열을 돌아
보았다. 안색이 질린 공치열은 접시를 들어 올려 찹쌀떡
을 노려보더니, 혼잣말을 중얼거렸다.

　"괜찮아…. 나는 찾았어. 이건 아니야…. 내가 찾은 규
칙이 맞는다면 이건 절대 아니야…."

　공치열은 떨리는 손으로 천천히 포크를 집어 들었다.
세 사람의 긴장된 시선이 그에게로 향했다. 공치열이 꽤
시간을 끌었지만, 아무도 재촉하지 못했다. 버티는 것도
한계에 왔다 싶을 때, 혼잣말을 중얼거리던 공치열이 한
순간에 포크를 입에 찔러 넣었다.

　"아!"

공치열이 낸 소리에 셋은 움찔했다. 손으로 입을 막아 선 공치열의 얼굴이 일그러졌다. 그 손 아래로 핏물이 보였다. 모두의 두 눈이 휘둥그레질 때, 공치열이 황급히 손바닥을 펼쳐 내밀며 흔들었다.

"아니, 아니요! 아닙니다! 포크로 찔렀어요! 포크가 너무 날카로워서 찔린 거예요! 독약 아니에요!"

"아…."

공치열은 입안의 찹쌀떡을 씹어먹으며 계속 말했고, 모두 삼킨 뒤 자신의 몸 상태를 살폈다. 곧, 그의 입꼬리가 점점 올라갔다.

"그렇지…. 그렇지! 내가 맞았어! 그럴 줄 알았어! 내가 맞았다고!"

멀쩡한 모습으로 기뻐하는 공치열을 보는 세 사람의 눈빛이 복잡해졌다. "으음…." 신음을 삼킨 최무정이 자신의 접시를 들어 올렸다. 세 사람의 시선이 그에게 쏠리자 최무정이 조심스럽게 찹쌀떡을 이리저리 살폈다. 마른 입술을 혓바닥으로 축인 최무정은 크게 심호흡을 했다. 최무정이 찹쌀떡을 먹기까지 준비하는 시간도 공치열만큼 길었지만, 아무도 뭐라고 하지 않았다. 결국 최무정은 천천히 찹쌀떡을 한 입 베어 물었다. 한 번에 삼키

　　　　　　　　　　죽음의 방탈출

지 않은 그 모습에 김남우는 움찔했다. 남기지 말고 다 먹어야 한단 말이 목구멍까지 올라왔지만, 독약을 먹으라는 것과 같은 그 말을 차마 내뱉진 못했다. 곧 최무정은 나머지를 몽땅 입안에 넣었다. 그리고 잠시 뒤, 아주 긴 안도의 한숨을 내쉬었다. 최무정마저 독약을 피해 간 사실이 확인되자, 정재준과 김남우의 표정은 죽을상이었다. 최무정은 시작할 엄두를 못 내고 있는 정재준을 재촉했다.

"당신이 다음 차례입니다."

"하아…."

정재준은 한숨만 계속 내쉬다가 접시를 바닥에 내려놓더니, 무릎을 꿇고 눈을 감았다. 그러고는 두 손을 모으고 중얼거렸다.

"하늘에 계신 아버지…."

세 사람은 살면서 누군가의 기도를 이렇게 집중해서 본 적이 없었다. 기도가 끝나고, 눈을 뜬 정재준이 천천히 포크를 향해 손을 뻗었다. 그때, 김남우가 말했다.

"잠깐!"

정재준이 그를 올려다보자, 초조해하던 김남우가 물었다.

"저랑…. 바꾸시겠습니까?"

정재준의 눈동자가 흔들렸다. 그는 크게 갈등했고, 다른 두 사람도 이 거래를 긴장된 얼굴로 지켜보았다. 얼마 뒤, 정재준이 고개를 저었다.

"안 바꾸겠습니다."

"아….."

김남우가 탄식할 때, 정재준이 포크를 집어 들었다. 김남우를 의식해서일까, 정재준은 곧장 찹쌀떡을 입안에 넣고 삼켰다. 우물거리는 그의 입이 김남우의 흥분한 눈동자에 깊이 각인되었다. 목울대가 움직이며 끝내 모든 게 꿀꺽 넘어가는 모습까지도. 정재준은 배에 손을 올린 채 가만히 상황을 살폈다. 곧, 그는 굽혔던 무릎을 펴고 두 손을 들어 올려 환호했다.

"아버지 감사합니다!"

김남우의 안색이 새파랗게 질린 그 순간.

"탕!"

한 발의 총성이 울리며, 정재준의 몸이 앞으로 고꾸라졌다. 모두 두 눈을 부릅뜨고 그 광경을 지켜보았다. 쓰러진 정재준의 머리에서 붉은 핏물이 퍼져 나갔다. 공치열은 비명을 내질렀고, 두 사람은 비명조차 못 내고 뒤로 물러났다.

「독약으로 인한 고통의 시간을 덜기 위해, 인도적 차원에서 도와 드렸습니다. 한 사람이 죽으면 문이 열린다. 다음 방에서 게임을 계속 진행해 주시길 바랍니다.」

스피커의 음성이 끝나자 한쪽 벽의 통로가 열렸다. 셋은 시체에서 멀어지기 위해 통로로 향할 수밖에 없었다. 김남우는 찹쌀떡을 그대로 버리고 빠져나갔고, 공치열은 그 와중에 다시 돌아가 현금이 든 종이가방을 챙겼다.

좁은 통로를 지나며 김남우가 공치열에게 물었다.

"뭘 찾은 겁니까? 찹쌀떡이 뭐가 달랐습니까?"

"아 그거요."

무언가를 설명하려던 공치열보다 최무정의 한마디가 빨랐다.

"전 알려 줄 생각 없습니다."

차가운 그 말에 공치열도 순간적으로 움찔했고, 입을 다물었다. 자신의 시선을 외면하는 공치열의 모습에 김남우는 당황했다. 최무정을 돌아본 김남우는 무슨 생각인지 알 듯했다. 우리는 서로 적이라는 것을 말이다. 김남우는 그 생각에 동의하기 싫었다. 설마 또 같은 상황이 벌어지겠는가?

"방탈출 게임은 원래 같이 협동해서 문제를 풀어 나가는 거라고…. 문제를….”

김남우는 혼잣말이었지만, 누구라도 들으라는 듯이 그렇게 말했다. 세 사람이 도착한 새로운 방은 아까처럼 휑한 공간이었는데, 김남우의 믿음은 배신당했다.

「한 사람이 죽으면 문이 열린다. 벽면에 그려진 '사다리 타기' 중에 꽝이 하나 있습니다. 꽝에 걸리면 죽여 드립니다.」

김남우는 스피커를 향해 소리 질렀다.

"이 망할! 이게 무슨 방탈출이야! 문제를 달라고 문제를! 이건 그냥 운으로 제비뽑기하는 거잖아!”

「말씀드렸다시피, 필승법은 반드시 존재합니다.」

"이…!”

김남우는 더 분노하고 싶었지만, 최무정이 벌써 벽으로 향하고 있었다. 공치열도 그 뒤를 따르니, 김남우도 어쩔 수 없이 사다리 타기를 보러 움직였다. 벽면에는 이름을 써넣는 종이 세 칸과 그 아래 경로가 가려진 전자 스크린, 그리고 스크린 아래에 음각으로 새겨진 '생존, 생존, 죽음'이라는 결과가 있었다. 바닥에 놓인 나무 컵에는 만년필 세 자루가 들었는데, 최무정이 그것들을 빼서 살폈다. "이봐!" 김남우는 인상을 찌푸리며 독단적인 행동을 하지 말라고 경고했다. 잠깐 만년필을 살핀 최무정은 김남우에게 건넸고, 공치열까지 모두 평범하게 똑같은 만년필이란 걸 확인했다.

「사다리 타기 게임을 아시겠지요? 여러분이 모두 쪽지에 이름을 써넣으면 게임 결과가 드러날 겁니다.」

셋은 각자 만년필 하나씩을 나눠 들고 심각해졌다. 어디에 이름을 써야 살아남을 수 있을까?

"이건 어떻게 봐도 복불복이잖아! 빌어먹을, 여기에 전략적인 요소가 뭐가 있냐고?"

김남우의 짜증스러운 말에 스피커는 바로 대답했다.

「죽음의 방탈출 모든 게임에는 반드시 필승법이 존재합니다.」

"빌어먹을…."

세 사람은 모두 똑같은 형태로 벽면과 만년필을 노려보았다. 사다리의 간격일까? 생존과 죽음 배치에 어떤 의미가 있을까? 혹시 획수 문제인가? 스크린 배경의 나뭇잎들이 뭔가 있나? 이름 적는 쪽지의 색깔이 힌트일까? 한참을 고민하던 김남우는 문득 공치열이 길이를 재기 위해 자신의 손가락을 만년필에 대보는 모습을 발견했다. 김남우는 못 본 척하면서 몰래 뒤돌아 손가락을 만년필에 대보았다. 무엇을 뜻하는 것인지 유추하던 그때, 최무정이 움직였다.

"어?"

"어어?"

놀란 김남우와 공치열이 돌아볼 때, 최무정은 가장 오른쪽 위에 자신의 이름을 썼다.

"아니 마음대로 쓰면 어떡합니까!"

김남우가 분노했지만, 최무정은 아무렇지 않은 얼굴로 물러났다.

"선착순으로 하는 건 아까 방에서 정해진 거 아니었습니까?"

"이…!"

김남우는 이를 갈았지만, 솔직히 궁금했다. 최무정은 어떤 기준으로 저곳을 고른 걸까? 무슨 규칙성을 찾아낸 걸까? 왜 하필 가장 끝자리일까? 어느새 김남우는 남은 두 자리 중 끝자리와 가장 공통점이 많은 게 무엇인지를 찾고 있었다. 얼마 뒤, 공치열이 소리를 내질렀다.

"찾았다…! 찾았어! 그거였어! 그거였다고! 난 절대 안 죽어! 난 무조건 살아서 나갈 거라고!"

죽음의 방탈출

움찔 놀란 김남우와 최무정이 공치열을 바라보았다.
공치열은 광기에 찬 눈으로 외치더니, 곧장 이름을 쓰러
갔다.

"어어어? 잠깐! 잠깐만!"

김남우가 다급히 공치열을 붙잡아 막았다.

"순서도 없이 막 하는 게 어딨습니까!"

왜소한 체격의 공치열은 김남우에게 힘에서 밀렸다.
아무리 해도 김남우를 넘어갈 수 없음을 확인한 공치열
은 한 발 뒤로 물러나 말했다.

"좋아요. 전 가운데에 쓸 거예요. 먼저 쓰세요."

"뭐?"

"먼저 쓰시라고요. 근데 전 가운데에 쓸 거예요."

김남우의 눈동자가 흔들렸다.

"지금 심리전을 하자는 겁니까?"

"마음대로 생각하시고요. 먼저 선택하시라고요. 선택
안 하실 거예요? 그럼 제가 먼저 쓰고요. 이대로 영영 시
간만 보내자는 건 아닐 거 아니에요."

"으음⋯."

김남우의 표정이 심각해졌다. 공치열의 선택은 거짓
말일까? 역으로 진실일까? 그것까지 생각한 거짓말일

까? 아니 애초에, 공치열이 정말 필승법을 찾았을까?

"언제까지 그러고 있을 건데요? 제가 먼저 써요?"

"아니 그건⋯."

김남우는 아까 공치열이 하던 행동이 떠올라 다시 만년필을 손가락에 대고 길이를 비교해 보았다. 꽤 굵고 큰 만년필은 손가락 두 개 정도 길이가 될 듯했다. 그러나 그게 무엇을 뜻하는지 김남우는 알 수 없었다. 그가 아무것도 못 하고 벽면을 노려보고만 있자, 공치열이 한 발 앞으로 다가섰다.

"계속 그렇게 시간만 끄는 건 불합리하단 거 아시죠? 선택 안 하실 거면 제가 먼저 선택할 거예요."

"아니 잠깐⋯."

최무정마저도 재촉하자 김남우는 어쩔 수 없이 만년필을 들고 벽면에 다가갔다. 가장 왼쪽 칸에 만년필을 가져다 댄 김남우는 공치열의 표정을 살폈다. 가운데 칸으로 만년필을 움직이면서 살펴보았지만, 공치열의 표정을 읽어내지 못했다. 끝내 김남우는 왼쪽에 이름을 적었다. 그가 이름 석 자를 다 쓴 순간, 공치열이 환호했다.

"거기가 아닌데! 거기가 꽝인데!"

"뭐?"

"호호호! 이제 제 차례죠?"

"아, 아니 잠깐!"

"이미 끝났어요!"

흥분한 공치열은 벽면으로 가 중앙에 자신의 이름을 쓰면서 주절주절 설명했다.

"길이가 다르거든요 길이가! 이름 쓰는 칸에 만년필을 대각선으로 가져다 대면 정확히 맞는 거 알아요? 미세하게 가장 왼쪽 칸만 조금 남거든요. 근데 아래 생존과 죽음이 적힌 칸 중에 '죽음'만 또 미세하게 조금 넘거든요. 이 말은? 왼쪽 이름 칸과 죽음이 세트라는 말이죠! 호호. 대놓고 만년필로 재면 눈치챌까 봐 못했지만, 손가락으로 쟀지요. 이게 정답이거든요. 정답!"

공치열이 벽면에서 물러난 뒤, 김남우는 얼른 만년필을 이름 칸에 대각선으로 넣어 보았다. 모든 칸에 신중히 대본 김남우는 중얼거렸다.

"똑같아 보이는데…?"

"그렇게 믿고 싶은 거겠죠."

공치열이 그렇게 말한 그때, 스크린에 숨겨진 사다리 타기의 경로가 밝혀졌다.

"앗!"

깜짝 놀란 세 사람의 눈동자가 스크린으로 향했다. 그들의 눈동자는 빠르게 자신의 사다리 길을 훑었다. 곧, 공치열의 두 눈이 부릅떠졌다.

"뭐야? 뭐야 뭐야 뭐야! 뭐뭐뭐야!"

화면 속 사다리 타기가 진행되자 공치열의 이름이 '죽음'으로 연결되었다. 공치열이 이건 사기라며 소리 지를 때, "탕!" 한 발의 총성이 울렸다. 곧 그의 몸이 바닥으로 쓰러졌다. 그에게서 한 발 물러난 김남우와 최무정은 흘러내리는 핏물을 또다시 보게 되었다.

「문이 열렸습니다. 다음 게임을 진행하시죠.」

김남우는 스피커의 음성에 질색했지만, 최무정은 창백한 얼굴로 10억 원이 든 종이가방을 챙겼다. 열린 통로 문으로 최무정이 먼저 앞장섰고, 김남우도 뒤따랐다. 두 사람을 맞이한 새로운 방 또한 텅 비었는데, 시멘트벽 상단에 빨간 줄이 한 바퀴 칠해져 있는 게 달랐다.

「마지막 방입니다. 우승자는 10억과 함께 세상으로 나가실 수 있습니다. 문을 여는 열쇠가 무엇인지는 이미 아시리라 믿습니다. 바닥의 주사위를 확인해 주시지요.」

방 중앙에는 손바닥만 한 크기의 묵직한 주사위가 여섯 개 놓여 있었다.

　　　　　　　　　　　　　　죽음의 방탈출

「각자 주사위 하나를 골라 위로 던지세요. 낮은 숫자가 나온 사람에게 총을 쏴 드립니다.」

"미친….”

「벽면의 빨간 선 위로 던진 주사위만 인정합니다.」

김남우는 절규했다.

"모든 게 다 운이냐고! 이럴 거면 그냥 막 쏴서 죽이라고! 이게 무슨 방탈출 게임이야!"

「모든 게임에는 반드시 필승법이 존재합니다.」

"얼어 죽을 그놈의 필승법!"

김남우가 흥분해서 펄쩍 뛸 때, 최무정은 주사위들을 살펴보고 있었다. 김남우는 그 모습도 고까웠다.

"당신은 지금 그런 짓 할 생각이 듭니까?"

"할 수 없는 것에는 관심이 없습니다. 할 수 있는 걸 할 뿐."

"이이…!”

김남우는 마음에 들지 않았지만, 결국 그도 주사위를 살펴볼 수밖에 없었다. 최무정이 먼저 주사위를 하나씩 던지기 시작했기 때문이다. 두 사람은 조금씩 충돌하면서도 한참 동안 주사위를 살폈다. 김남우는 고개를 흔들었다.

"다 똑같은데…. 그냥 복불복이야 이건 다."

그렇게 말하면서도 최무정을 힐끔 살피는 김남우의 눈동자에는 불안감이 깃들었다. 자신이 찾지 못한 무언가를 최무정은 알아낸 걸까? 다행히 최무정도 답답한 모양새였다. 오랜 시간이 흐르고, 최무정이 입을 열었다.

"우리가 여기 갇힌 지 얼마나 됐는지 아십니까?"

"갑자기 무슨 말입니까?"

"물 한 모금도 없이 많은 시간이 흘렀습니다. 시간 끌어 봤자 좋을 게 없다는 겁니다. 인제 그만 결정합시다. 정신적으로 무너지기 전에."

김남우는 그 말이 합리적이라고 생각하면서도 불안했다. 무언가를 알아냈기 때문에 그러는 걸까? 최무정은 한마디를 덧붙였다.

"당신의 말이 맞습니다."

"뭐?"

"이건 빌어먹을 복불복입니다. 이따위 게임들에 필승법 같은 게 존재할 리가 없습니다. 그냥 운으로 죽고 운으로 사는 미친 방탈출입니다. 당신의 말에 백번 천번 동의합니다."

최무정은 스피커를 바라보며 한차례 욕설을 퍼부었

다. 다시 김남우를 돌아본 그는 말했다.

"그렇다고 영영 여기 이렇게 갇혀 있을 순 없으니까, 저 새끼들 말대로 놀아나 줍시다. 주사위를 골라서 던집시다."

김남우는 인상을 찌푸리며 최무정을 가만히 살폈다. 그러고는 고개를 끄덕인 뒤 말했다.

"좋습니다. 그렇지만 조건이 있습니다. 당신이 먼저 던지십시오."

"왜입니까?"

"당신이 필승법을 찾았단 가능성이 있으니까. 솔직히 난 아무것도 모르겠고, 또 나는 급하지 않습니다. 먼저 게임을 진행하고 싶은 건 당신 아닙니까? 합리적으로 당신이 먼저 합시다."

"음….."

최무정은 가만히 김남우를 바라보다가 승낙했다.

"그렇게 하겠습니다. 그럼 제가 먼저 던지겠습니다."

최무정은 바닥에서 주사위 하나를 먼저 골랐고, 김남우도 곧이어 하나를 골랐다. 최무정은 스피커를 올려다보며 말했다.

"시작합니다."

깊게 숨을 들이켠 최무정은 있는 힘껏 주사위를 위로 던졌다. 붉은 선을 가뿐히 넘어 "쿵!" 천장에 부딪힌 뒤 떨어지는 그 모습에 김남우의 두 눈이 휘둥그레졌다. 저건 무슨 행동일까? 이윽고, 바닥에 떨어진 주사위로 두 사람의 눈동자가 향했다.

'5'

"아!"

"아…."

김남우의 안색이 급격히 안 좋아졌다. 5라니? 6이 나와야 이기고, 최소 5가 나와야 비기는 수. 이렇게나 높은 숫자라니? 떨리는 한숨을 길게 내뱉은 최무정은 김남우를 돌아보았다.

"자, 이제 당신의 차례입니다."

김남우는 굳은 얼굴로 손에 든 주사위를 내려다보다가 눈을 감았다. 그의 눈꺼풀이 미세하게 떨렸다. 다시 눈을 뜬 김남우는 주사위를 아래로 내렸다가 위로 힘껏 던졌다. 한데?

"아?"

김남우가 던진 주사위는 빨간 선 근처도 못 가고 바닥으로 떨어졌다. 최무정의 시선이 분산된 순간, 김남우는 허리를 숙여 새로운 주사위를 집어 들었다. 아까 최무정이 던졌던 '5'의 주사위다.

"아!"

최무정이 어찌할 새도 없이, 김남우는 힘껏 주사위를 천장으로 던졌다. "쿵!" 천장에 맞은 뒤 떨어진 주사위가 바닥을 굴렀다. 이윽고 멈춰선 주사위의 눈금.

'6'

"아!"

"아아아!"

두 사람의 얼굴에 희비가 엇갈렸다. 흉악하게 일그러진 최무정이 욕설을 내뱉었다.

"이런 미친! 당신!"

그러나 최무정은 김남우를 향해 따져 물을 시간이 없었다. "탕!" 한 발의 총성이 울리고, 최무정의 두 눈이 부릅떠졌다. 부들부들 떨던 그는 바닥으로 고꾸라졌다. 김남우는 다리에 힘이 풀려 바닥에 주저앉은 채로 흘러내리는 핏물을 떨리는 눈동자로 지켜보았다.

「축하드립니다. 죽음의 방탈출을 성공하셨습니다. 상금 10억을 획득하셨습니다.」

"아…."

김남우의 고개가 한쪽 벽으로 돌아갔다. 그곳의 문이 열리자, 하늘이 보였다. 벌떡 일어난 김남우는 문밖으로 나갔다. 말도 안 되게, 버스 정류장과 지나가는 사람들이 있는 도시 한복판이었다.

"아…. 아아…."

감격에 떨던 김남우는 순간 뒤돌아 방 안으로 다시 들어갔다. 바닥에 널브러진 최무정을 보고 움찔 놀랐으나 그를 지나쳐 종이가방이 있는 곳으로 갔다. 양손에 현금 10억 원의 묵직한 무게감이 느껴졌다. 얼른 다시 문밖으로 향하던 김남우는 문을 나서기 직전, 우뚝 멈춰 섰다. 그는 잠깐 갈등하다가 작게 욕설을 내뱉었다.

"빌어먹을…."

뒤돌아선 김남우는 스피커를 노려보며 말했다.

"사람 목숨이 장난이야? 이 미친, 이 미친 게임을 하고도 너희가 무사할 것 같아?"

「김남우 씨도 동의한 상황입니다. 모두가 동의했지요. 세상에서 가장 어려운 방탈출에 도전하고 싶다고 한 건 여러분이지 않습니까?」

"이건 방탈출이 아니야!"

「목숨을 거는 것에 동의한 것도 여러분이고, 10억 원의 상금을 믿은 것도 여러분입니다. 죽음의 방탈출이라는 이름을 듣고도 도전했다면, 그 책임은 온전히 지셔야지요.」

"이건 방탈출이 아니라니까!"

「죽음의 방탈출은 역사가 깊습니다.」

"방탈출은 문제를 푸는 거라고! 머리를 쓰고, 상상력을 동원하고, 전략을 짜는 게 방탈출이라고! 복불복 운으로 하는 게 무슨 방탈출 게임이야!"

「반드시 필승법이 존재하는 전략 게임이 맞습니다.」

"필승법이 뭔데? 설명해 봐! 찹쌀떡, 사다리 타기, 주사위에 어떤 필승법들이 있었는데? 어?"

김남우는 몰아붙이면서도 내심 궁금했다. 실제 방탈출 카페에서도 게임이 끝나면 직원이 문제의 의문을 풀어 주는 시간이 있었다. 김남우의 무의식은 그걸 원했다. 자신이 놓쳤던, 각 게임의 필승법이 무엇이었을까? 스피커는 김남우의 질문에 대답했다.

「모든 게임에는 반드시 필승법이 존재합니다. 첫 번째 게임에서 포크.」

"포크…?"

「두 번째 게임에서 만년필, 세 번째 게임에서 주사위.」

"그것들이 무슨…."

「포크와 만년필은 무척 날카롭고, 주사위는 무척 단단합니다.」

"그게 뭐!"

「죽음의 방탈출 규칙은 단 하나입니다. 한 사람이 죽으면 문이 열린다.」

"아니 그러니까 그게 무…. 아!"

김남우의 눈동자가 사정없이 흔들렸다. 그는 깨달았다. 이 죽음의 방탈출의 필승법이 무엇인지. 아주 간단하지만, 매우 확실한 그 필승법이 무엇인지 말이다. 떨리는 몸으로 스피커를 바라보던 김남우는 홱 돌아서 방을 나섰다. 다신 돌아보지 않으리라는 걸음으로, 빠르게 움직였다. 두 손에 묵직한 종이가방을 들고서.

총이 든
무기 상자

"뭐? 군대에서 총으로 사람을 쏴 죽였다고?"

"그렇다니까! 이 친구 무기만 찾으면 우린 무조건 살아남는 거지!"

16번 자식은 나보다 더 열성적으로 나에 관해 설명했다. 20번이 적힌 옷을 입은 남자는 미심쩍은 듯 우리를 경계했다. 어서 그를 설득해야 했다.

"이보세요. 우리는 지금 당신을 죽이려는 게 아니라, 동료가 되길 제안하는 겁니다. 모르긴 몰라도 남들도 다지금 팀을 만들고 있을 겁니다. 그게 생존하기에 유리하니까."

"음…,"

"이럴 시간이 없어요. 빨리 팀을 짜고, 무기를 하나라도 더 찾는 게 우리가 살아남을 방법입니다. 그냥 우릴 믿고 함께합시다."

"믿어? 살인마 새끼들을 뭘 믿고?"

20번의 말에 난 순간적으로 울컥했다. 살인마 새끼라고? 이 빌어먹을, 네놈들이 살인마지! 난 아니라고! 난 진짜 잘못 잡혀 들어온 거라고! 이런 절규는 속으로 삼킬 수밖에 없었다. 지금 그 사실을 밝히는 게 내게 유리할 리가 없으니까.

"싫다면 관둡시다. 혼자서 어디 한번 살아남아 보시든지. 그렇게 건장해 보이지도 않는데."

나는 16번의 어깨를 툭 치며 뒤돌아섰다. 우리가 떠나갈 모양새가 되자, 그제야 20번이 다급하게 나섰다.

"아, 아니. 좋아. 같이하자. 아니, 같이합시다. 나도 같이합시다."

"진작에 그럴 것이지, 겁은 많아서."

16번이 투덜거렸지만, 나는 20번을 환영했다.

"잘 생각했습니다. 소개는 생략하고 빨리 이곳을 뒤집시다. 팀을 늘리거나, 무기 상자를 찾는 게 급선무니까."

"맞아. 무엇보다 7번 네 상자를 빨리 찾아야지. 총만 있으면 다 끝이니까!"

"예예. 그렇죠."

16번의 말에 나는 당연하다는 듯 고개를 끄덕였지만, 속은 정반대였다. 절대로 내 무기 상자를 먼저 찾아선 안 된다. 그럼 내 거짓말이 모두 탄로 날 테니까. 살기 위한 내 거짓말이….

지금으로부터 한 시간 전, 나는 버려진 농구 경기장에서 깨어났다. 주변에는 나처럼 납치된 남자들이 숫자가

　　　　　　　　　　　총이 튼 무기 상자

적힌 농구복을 입고 있었다. 모두가 깨어났을 때, 스피커에서 흘러나온 음성은 몹시 특이한 말투의 까랑까랑한 음성이었다.

「우리는 죽고 죽이는 배틀로열매치를 보고 싶다! 하지만 선량한 시민들로 그런 짓을 할 순 없다! 그럼 선량하지 않은 시민들로 하면 어떨까 싶은 거다! 너희 모두 살인을 저지른 적이 있는 인간들이다! 이미 살인해 본 인간이 한 번 더 살인을 저지르는 건 어렵지 않다! 서로 죽고 죽여라! 스무 명 중 절반만이 살아 나갈 수 있다!」

여기까지 들었을 때, 하마터면 난 소리를 지를 뻔했다. 이 미친 새끼들이, 나를 왜 납치했냐고! 나는 살면서 한 번도 살인 같은 걸 저지른 적이 없다고! 잘못 납치한 거라고! 그러나 소리 지르지 않은 건, 나보다 먼저 자신은 살인마가 아니라고 난리 친 남자 때문이었다. 스피커는 그 남자의 항의를 깔끔히 무시했다.

「아무것도 없이 싸우면 지루해진다! 1번부터 20번! 너희의 옷 주머니에는 번호가 적힌 열쇠가 있다! 이 버려진 대학의 교정 어딘가에는 숫자가 적힌 무기 상자가 있다! 무기는 너희가 실제 살인을 저지를 때 사용했던 도구들이다! 맨손으로 힘들다면 손에 익은 무기를 찾아 죽여라!」

　결과적으로, 내가 그 남자처럼 결백을 주장하지 않은
건 다행이었다.

　「너희는 지금부터 이 폐허가 된 대학교 어딘가에 무작
위로 흩어질 것이다! 밖으로 벗어나려는 시도는 곧 죽음
이다! 시작종이 울리면 서로를 죽여라! 열 명을 죽이는
것만이 살아 나갈 수 있는 유일한 방법이다!」

　가면들이 허공에 총을 쏜 뒤 우리를 한 명씩 끌고 갈
때, 어떠한 방법으로도 도망칠 수 없다는 걸 알았다. 여
기서 탈출할 유일한 방법은 열 명이 죽을 때까지 살아남
는 것뿐이다. 그렇다면, 가장 확실한 방법은 다수가 되는
것이었다. 먼저 팀을 만들고 소수를 학살하는 것, 이보다
더 안전한 방법이 있겠는가? 나는 반드시 이 살인마들과
섞여야만 했다. 사냥감이 되지 않으려면 말이다. 만약 내
가 사람을 죽인 적 없다는 사실을 고백했다면, 사냥감이
되지 않을 수 있었을까? 누가 봐도 평범하고 허약한 회
사원인 내가 동료가 될 수 있었을까? 절대 아니다. 사람
을 죽이지 않았다고 고백하지 않았기에 나는 16번에게
열쇠를 흔들며 이런 거짓말을 할 수 있었다.

　"이봐! 나는 군대에서 날 괴롭히던 개새끼 선임을 총

으로 쏴 죽였어! 내 상자의 무기는 총이다! 내가 무기를 찾게 도와주면, 우리는 무조건 살아남을 수 있어!"

그렇게 16번을 팀으로 만들었고, 뒤이어 20번, 3번 그리고 9번까지 다섯 명 사이에 낄 수 있었다. 이때 나는 안도했다. 스무 명 중 다섯 명이 모였다? 살아남을 확률이 기하급수적으로 늘어난 것이다. 설령 다른 팀이 있더라도 소수를 사냥하지, 다섯인 우리와 부딪치려 하지 않을 터였다. 그러나 이 안도의 공간은 아이러니하게도 공포의 공간이었다.

"형씨는 누굴 뭐로 죽였수?"

"마누라랑 바람난 새끼 대가리를 중식도로 찍었지."

"어유 살벌해라. 난 그냥 송곳으로 콧구멍만 열라 쑤셨는데."

모두 살인마라는 게 밝혀진 마당이어서인지, 아니면 상대의 기세에 눌리기 싫어서였는지, 이들은 자신의 살인을 무용담처럼 떠들어댔다. 그중에는 처음에 결백하다고 소리 질렀던 3번도 있었다.

"난 그냥 골프채로. 죽일 생각까지는 없었는데 그렇게 맥없이 죽을 줄 알았나?"

행여라도 거짓말이 탄로 날까 최대한 말을 아꼈다. 하

지만 그들에게 내 무기는 가장 중요한 얘깃거리였다.

"근데 7번은 참, 어쩌다가 군대에서 총질했대?"

"아! 대한민국 남자 중에 군대에서 살인 충동 안 느껴 본 새끼 있나? 저 친구는 그걸 못 참은 거지 뭐! 흐흐흐."

"거 말 좀 해보쇼. 얼마나 거지 같아서 죽인 거요?"

그 얘기는 하고 싶지 않다는 변명도 한두 번이지, 계속 이런 태도로 버틸 수 있을까 걱정이었다. 그 와중에 가장 섬뜩한 순간은 무기 상자를 발견할 때였다.

"저기 상자다! 번호가 적힌 상자야!"

"오! 몇 번이야? 7번이야?"

매번 등에 식은땀이 흘렀고, 필사적으로 기도했다. 제 발 7번 상자는 아니길! 납치범 새끼들이 어떤 착각을 해 서 나를 데리고 왔는지는 몰라도, 총은 아닐 것 아닌가! 제발 7번 상자는 절대 아니길!

"에라이! 19번 상자네. 이 새끼는 뭐로 죽였을까?"

"이거 쇠사슬로 묶여 있어서 어디 숨길 수도 없네. 나 참. 그냥 가야 하나? 7번아! 어떡할까?"

내가 사람을 모았기에, 또 총이라는 아이템이 있었기 에, 나는 여기서 리더와 같은 구심점 역할이었다.

"이거 지킬 시간에 우리 무기를 하나라도 더 찾는 게

총이 든 무기 상자

낫습니다. 갑시다."

나는 서두르는 척했지만, 속마음은 움직이기가 싫었다. 이대로 사람들이 다 죽어 나갈 때까지 버티고만 싶었다. 그러나 걸음을 옮겨야 했고, 상자는 계속해서 나타났다.

"20번 상자다! 어서 열쇠 돌려 꺼내 봐!"

"진짜 중식도가 들었네! 세상에!"

우린 20번의 중식도, 3번의 골프채, 16번의 송곳까지 발견했다. 그리고, 중간에 만난 2번을 살해했다. 솔직히 말해서 다들 살인을 망설였지만, 16번은 달랐다. 그는 다른 이들도 참여할 수밖에 없도록 적극적으로 나섰고, 무기 하나 없던 2번은 처참하게 살해당했다. 난 참으려 했지만, 헛구역질과 어지럼증을 참지 못했다. 가장 상태가 안 좋은 나를 보고 16번이 히죽거리며 놀렸다.

"뭘 그렇게 놀라? 사람 처음 죽여 본 사람처럼. 흐흐."

죽여 본 적 없다고! 이 살인마 새끼들아! 너희들과 나는 달라! 소리치고 싶었지만 참았다. 나는 시간이 없으니 빨리 자리를 이동하자고 했다. 다시 돌아다니기 시작하며, 멤버들의 입에는 어느새 '고문관'이라는 단어가 오르기 시작했다.

"솔직히 군대에서 총 사고 나면 딱 두 가지거든. 고문관이 자살하거나 죽이거나."

"맞지, 맞지. 7번 군생활 솔직히 고문관이었냐?"

나는 그들이 이제 나를 확실하게 하대함을 느꼈다. 안 그래도 살인마였던 그들은 새로운 살인을 통해 더 흥분하고 거칠어진 듯했다. 내게 만약 총이라는 거짓 무기가 없었다면, 이들이 나를 사냥감으로 안 볼 수 있었을까? 나는 고문관을 인정하는 무언의 뉘앙스로 거짓을 두텁게 숨기려 했다. 그들의 장단에 맞춤으로써 내 거짓말이 더 설득력 있게 느껴진다면야. 하지만, 문제가 일어났다.

"근데 군대에서 하극상으로 죽이면 몇 년이지?"

누군가 무심코 던진 그 질문에 내 머리는 새하얘졌다. 몇 년? 몇 년 감옥에 갔냐고? 뭐라고 대답해야 하지? 몇 년이 어색하지 않지? 나는 일단 못 들은 척 앞만 보고 걸었다. 그러나 16번은 갑자기 집요하게 굴었다.

"어이 7번! 총으로 사람 쏴 죽이고 몇 년 살았어? 육군교도소로 가지?"

나는 그만 말을 절어 버리고 말았다.

"정, 정상참작 되어서 9년 살다 왔습니다."

"그래? 흠. 육군교도소는 어때? 남한산성이지?"

남한산성? 남한산성이 뭐지? 뭐라고 대답해야 하지? 수긍할까? 부정할까? 이러지도 못하는 내 모습은 분명히 이상해 보일 터였다. 누구라도 이상한 낌새를 느낄 만했다. 천만다행인 것은, 문 뒤에서 몰래 지켜보던 한 남자의 존재였다.

"어? 저기! 저기 한 놈 숨어 있다!"

우리는 바로 뛰었다. 이미 한번 피를 본 마당에 사냥감을 놓아줄 이유가 없었다. 나도 필사적으로 뛰었다. 한데, 문밖으로 나간 우리는 당황하며 멈춰 섰다. 그곳에도 사람이 네 명 정도 모여 있었다.

"저기 한 놈 도끼 들고 있는데?"

우리는 섣불리 다가갈 수 없었고, 그들도 우리에게 쉽게 다가오지 못했다. 16번이 말했다.

"일단 빠지자. 우린 총만 구하면 돼. 총만 구하면 저런 새끼들 다 죽일 수 있어."

내 심장이 싸늘하게 식었다. 우린 대치를 끝내고 뒤로 빠져나갔고, 그들도 따라오지 않았다.

"7번 상자 먼저 찾자! 그거만 찾으면 무적이라니까?"

식은땀이 줄줄 흘렀지만, 나는 고개를 끄덕일 수밖에 없었다. 아까 전 이상한 낌새를 떨치기 위해, 나는 가장 앞장서서 걸었다. 내게 말을 걸 틈이 없도록 상자를 찾는데 열중하는 척했다. 설마, 이 넓은 대학교에서 설마 7번 무기 상자를 찾진 않겠지. 그런 일은 없겠지. 설마, 제발.

"저기 계단 뒤에 상자다!"

이것은 인간의 본능인 걸까? 나는 저 상자로 접근하고 싶지 않았다. 예감은 적중했다.

"7번이다! 7번 상자다!"

"아…."

어떻게 이럴 수가 있단 말인가? 이렇게 넓은 곳에서 어떻게 내 무기 상자를 찾았단 말인가? 어떻게?

"빨리 와서 열어!"

"이제 새끼들 다 죽었어! 으하하!"

기뻐하며 재촉하는 살인마들의 모습에 나는 다리에 힘이 풀렸다. 만약 내 거짓말이 탄로 난다면, 난 어떻게 되는 거지?

"뭐 해! 빨리 안 오고! 열쇠 꺼내!"

어쩔 수 없이 상자까지 간 나는 주머니를 뒤적거리며 나도 모르게 중얼거렸다.

"여, 열쇠를 잃어버린 것 같은…."

"이 새끼가 아까부터 진짜!"

총이 든 무기 상자

내 말이 채 끝나기도 전에 16번이 내 멱살을 잡아 올렸다. 그의 손에 들린 송곳이 내 턱밑을 위협했다.

"너 이 새끼! 너 지금 뭐 하자는 거야? 아까부터 수상해 이 새끼!"

"이, 있어! 주머니 안쪽에 있었어! 있어!"

나는 다급하게 말하며 주머니에서 열쇠를 꺼내 보였다. 16번이 차가운 얼굴로 멱살을 놓자마자 나는 얼른 상자 앞에 무릎 꿇었다. 이젠 정말 열 수밖에 없다. 나는 심호흡하며 열쇠를 꽂았다.

"철컹."

난 살 수 있다. 솔직하게 고백하면 된다. 사람을 모으기 위해서 거짓말했다고 하면 용서해 줄지도 모른다. 어쨌든 내 거짓말 때문에 세력을 만들지 않았던가? 높은 확률로 살아남게 되지 않나? 게다가 아까처럼 네 명이 모인 놈들과 상대하려면 한 명이라도 많은 게 낫다. 무기까지 찾은 나를 죽이는 건 손해라는 걸 천천히 잘 설명하면 된다. 몇 대 맞는 것 정도는 각오하고, 잘하면 된다.

"틱!"

빌어먹을, 근데 뭐가 들었지? 총은 아니겠지? 납치범 새끼들이 날 살인마로 착각할 거라면, 차라리 무차별 살

인마로 착각했기를! 교실에 쓴 끈 같은 게 나오면 이 작
자들이 나를 가만히 둘 리가 없다. 제발! 제발!

"끼이이이익."

천천히 열린 뚜껑, 그 안에 든 물건을 보자 순간 멍해
졌다.

"엇!"

"뭐야 이거!"

"뭐야 염병! 총은 어딨어!"

"어떻게 된 거야 이거! 야! 7번!"

내 무기 상자 안에는 키보드가 들어 있었다. 자판을 두
들기는 컴퓨터 키보드가. 그제야 난 깨달았다. 내가 누구
를 어떻게 살해했는지, 내 살해 도구가 무엇이었는지. 그
다음 나의 운명도.

총이 든 무기 상자

몇 층을
누르실 겁니까

낯선 빌딩 앞에 선 홍혜화는 스마트폰 화면을 바라보았다.

「설문 참여 감사 이벤트에 당첨되셨습니다. 꼭 정확한 시간에 찾아오셔야 합니다.」

그녀는 지금 도저히 이런 걸 할 기분이 아니었지만, 머리를 식힐 만한 일이 필요했다. 게다가 거마비라며 100만 원짜리 백화점 상품권 기프티콘을 보내 준 곳이 아닌가? 쪼들리는 삶을 살았던 그녀에게는 무시할 수 없는 유혹이었다. 빌딩 안으로 들어선 홍혜화는 가장 먼저 정면의 엘리베이터를 보게 되었다. 문이 열려 있었고 안에는 양복을 깔끔하게 차려입은 노신사가 웃는 얼굴로 그녀를 바라보고 있었다. 열림 버튼을 누른 채 기다리고 있는 노신사의 모습에 홍혜화는 자기도 모르게 걸음을 빨리했다.

"아, 감사합니다."

홍혜화는 꾸벅 고개를 숙이며 엘리베이터에 탔다. 한데, 노신사가 엘리베이터의 열림 버튼을 계속 누르고 있는 게 아닌가? 홍혜화가 의아하게 바라보자, 노신사가 웃으며 말했다.

"잘 찾아오셨습니다. 방탈출 카페에서 설문에 참여해

주셨지요?"

"네? 아!"

"설문 내용이 기억나시나요? 10억 원을 준다면 키우던 강아지를 죽일 수 있는가. 정말 솔직하게 대답해 주셨죠? 덕분에 참여 자격을 얻게 되셨습니다. 이곳, 엘리베이터 게임에 말입니다."

"예? 엘리베이터 게임이요?"

"한 층당 1000만 원. 버튼을 누른 만큼 현금을 지급해 드립니다."

"뭐라고요?"

"보통 긴 설명보다 한번 눈으로 보는 걸 더 쉽게 믿으시더라고요."

노신사가 바닥에 세워 둔 가방을 열자 홍혜화의 두 눈이 휘둥그레졌다. 돈다발이 한가득 들어 있는 게 아닌가? 노신사는 웃으며 말했다.

"이게 다가 아닙니다. 버튼을 누른 층수만큼 가져갈 수 있으니까 말입니다. 그럼, 방법을 설명해 드려도 되겠습니까?"

"예, 예? 아!"

"빠르게 정신을 차리길 추천합니다. 로또보다 더 대단

몇 층을 누르실 겁니까

한 기회 아닙니까? 인생에서 이런 기회가 몇 번이나 오겠습니까?"

노신사의 말은 홍혜화의 긴장감을 끌어올렸다. 그녀의 눈빛이 선명해지자 노신사가 품속에서 노란 봉투 여러 장을 꺼냈다.

"이 봉투에는 질문이 들어 있습니다. 봉투를 하나 뽑으시고, 그 질문에 대한 답으로 버튼을 눌러 주시면 됩니다. 한 층당 1000만 원이니, 50층 버튼을 누른다면 5억 원을 드리는 거죠."

"그, 그게 정말인가요?"

"그렇습니다. 이 세상에는 돈이 썩어 나는 양반들이 많지 않습니까?"

노신사의 시선이 엘리베이터 CCTV로 향했고, 홍혜화도 흠칫 놀라며 시선을 따라갔다. 다시 고개를 돌린 노신사는 설명을 계속했다.

"그래서, 봉투의 질문이 무엇일까요? 그것은 당신이 가장 사랑하는 사람과 관련되어 있습니다."

"예?"

"당신의 사랑하는 남편 김남우 씨 말입니다."

"아!"

"이 봉투를 본 당신은 몇 층을 누를 것인지 선택하게 될 것이고, 그 선택의 결과는 김남우 씨에게 안 좋은 영향을 끼칠 겁니다. 대신, 돈을 받아 가시는 거죠. 아, 김남우 씨를 위한 버튼도 하나 있습니다. 당신이 지하 1층을 누르는 것이죠. 물론 그렇게 됐을 때, 그 질문에 대한 몫은 당신이 감당해야 하지만 말입니다."

홍혜화의 눈빛이 떨렸다. 노신사는 반달 눈웃음을 지으며 봉투를 그녀에게 내밀었다.

"1층당 1000만 원을 벌 수 있는 질문들입니다. 시작하시겠다면, 한 장을 뽑아 주시죠."

홍혜화의 떨리는 시선이 봉투를 보았다가, 노신사를 보았다가, 가방의 돈다발을 보았다. 혼란스러운 그녀는 그저 머뭇거리기만 했고, 노신사는 그녀의 결정을 웃는 얼굴로 가만히 기다렸다. 끝내 그녀는 봉투 하나를 뽑아 들었다. 노신사가 웃으며 그 봉투를 다시 받아 들고는 펼쳐 보았다.

"결정하셨군요. 한 가지만 말씀드릴까요? 사실은 이걸 하면서 봉투를 뽑지 않은 사람은 한 명도 없었습니다. 자, 그럼 첫 번째 질문을 확인해 볼까요?"

노신사는 봉투 속 종이를 꺼내 읽었다.

몇 층을 누르실 겁니까

"오. 이건 꽤 괜찮은 질문이군요. 자, 우리는 당신이 가장 사랑하는 사람의 손가락을 부러뜨릴 겁니다. 몇 개를 부러뜨릴까요? 층을 눌러 선택해 주시죠."

"아!"

홍혜화는 이 질문으로 시스템을 모두 이해했다. 그녀가 만약 10층을 누른다면 남편의 손가락 열 개가 부러지는 대신에 그녀가 1억 원을 받아 간다는 걸 말이다. 그녀는 곧, 손을 뻗어 엘리베이터 10층 버튼을 눌렀다.

"오?"

노신사는 의외라는 듯 물었다.

"어렵게 선택하실 줄 알았는데, 고민도 없이 바로 고르셨군요? 가장 사랑하는 사람의 손가락이 부러지는 일인데…."

움찔 놀란 홍혜화는 자기도 모르게 변명했다.

"그, 그래서 그래요. 우리 부부는 서로 너무 잘 알거든요. 남우가 옆에 있었다면, 우리 미래를 위해서라도 해야 한다고 했을 거예요. 지금 우리가 돈 때문에 너무 힘드니까, 그래서요. 처지가 바뀌었다면 저도 같았을 거고요."

"그렇군요."

사실, 그렇지 않았다. 그녀에게 가장 소중한 사람이 김남우였던 건 맞지만, 그건 어제까지였다. 지금 그녀는 김남우를 죽이고 싶었다. 온몸을 갈기갈기 찢어서 개밥으로 던지고 싶었다. 낮에 보았던 광경 때문이다. 그녀는 원래 내일 친정에서 돌아오기로 했지만, 오늘 남편을 깜짝 놀라게 해 주려고 하루 일찍 돌아왔다. 그러나 몰래 도착한 그녀가 창문 너머로 본 풍경은, 김남우와 벌거벗은 여자가 뒹굴고 있는 모습이었다. 충격으로 거리를 배회하던 그녀의 마음은 점점 악과 분노로 채워졌다. 지금 그녀는 김남우를 정말 찢어 죽이고 싶은 마음뿐이었다. 하지만 본능적으로 홍혜화는 그것을 티 내지 않기로 했다. 그것을 티 내는 순간 눈앞의 노인이 변심할 것 같았다. 그녀는 아직, 가장 사랑하는 사람이 김남우인 것처럼 연기했다.

"소, 손가락을 부러뜨려도 치료는 가능하겠죠…?"

"글쎄요? 요즘 의술이 좋으니까요?"

노신사는 한 손으로 계속 열림 버튼을 누른 채, 다른 손목의 시계를 확인했다.

"김남우 씨를 확보할 때까지 시간이 좀 걸릴 겁니다."

"예?"

움찔 놀랐던 홍혜화는 이어진 노신사의 말에 다른 생

각이 다 날아갔다.

"기다리는 동안 돈이라도 세어 보시겠어요? 가방 안에서 1억 원을 가져가셔야 하지 않겠습니까?"

"네? 돈을요? 지금 제가요?"

"네. 10층을 선택해서 정당하게 얻으신 돈 말입니다."

"아."

홍혜화의 심장이 미친 듯이 뛰었다. 그녀는 가방 앞에 주저앉아 돈다발을 하나씩 들어 보았다. 노신사가 그녀를 내려다보며 말했다.

"한 다발에 5만 원권 100장입니다. 잘 세어 보세요."

"네…!"

홍혜화는 돈다발을 하나하나 꺼내며 셌다. 심지어 그녀는 두 번씩 확인했고, 노신사는 피식 웃으며 물었다.

"1억이 맞습니까?"

"마, 맞아요."

"좋습니다. 마침 준비가 다 되었다네요. 슬슬 이동하실까요?"

"예?"

홍혜화가 일어나 노신사를 바라보았다. 이동이라니? 갑자기 어딜? 노신사가 웃으며 엘리베이터 버튼을 가리켰다.

"10층을 누르지 않으셨습니까? 가셔야죠."

"아."

열림 버튼에서 손가락을 뗀 노신사가 닫힘 버튼을 눌렀다. 엘리베이터가 천천히 상승했다. 홍혜화는 갑자기 불안해졌다. 빌딩 1층에서 나가는 문까지 훤히 보일 때는 못 느꼈던 불안이었다. 10층에서 갑자기 무서운 사람들이 들이닥치면 어쩌지? 순순히 1억 원을 준다는 게 이상하지 않은가? 엘리베이터가 올라갈수록 그녀의 심장은 더 빨라졌다. 이윽고 엘리베이터가 10층에 도착했을 때, 그녀는 문이 열리는 모습을 심각하게 바라보았다.

"에?"

열린 문 너머를 확인한 홍혜화는 당황했다. 아무도 없이 커다란 TV가 엘리베이터를 막고 서 있는 게 아닌가? 이게 뭐냐고 노신사에게 물으려던 그 순간, TV 화면이 켜졌다. 화면을 본 홍혜화의 두 눈이 부릅떠졌다. 검은 양복을 차려입은 사내들이 김남우를 의자에 결박하고 있었다.

"읍읍! 으으읍! 으으읍!"

몸부림치는 김남우의 모습에 홍혜화가 눈을 떼지 못

할 때, 노신사가 말했다.

"근처에서 대기하고 있다가, 홍혜화 씨가 10층을 눌렀을 때 바로 납치했습니다. 시작해야 하니까 말입니다."

무엇을 시작하는지는 곧 알 수 있었다. 영상 속 사내들이 김남우의 손가락을 하나씩 부러뜨리기 시작했으니까. 홍혜화는 눈을 질끈 감으며 고개를 돌렸지만, 노신사의 목소리는 단호했다.

"보셔야 합니다. 10층을 누르지 않으셨습니까? 그래서 1억 원을 얻지 않으셨습니까?"

"으으…."

어쩔 수 없이 홍혜화는 TV 화면을 계속 바라보았다. 김남우를 찢어 죽여도 시원찮을 자신인데, 막상 김남우가 괴로워하는 모습을 보니 마음이 좋지만은 않았다. 열 손가락 모두가 부러진 다음에야 TV 화면은 꺼졌다. 갑자기 나타난 검은 화면 속 자신과 눈을 마주친 홍혜화는 자신이 지금 이 상황을 얼마나 끔찍해하고 있는지 알게 되었다.

그때, 노신사가 봉투를 내밀었다.

"질문은 많습니다. 준비된 돈도 많고요."

홍혜화는 잠깐 움찔했지만, 다음 봉투를 뽑았다. 어차

피 그녀는 김남우를 죽이고 싶어 하지 않았던가? 일거양득이라고 생각하면 되었다. 노신사는 봉투 속 종이를 확인하며 읽었다.

"자, 우리는 당신이 가장 사랑하는 사람을 방망이로 마구 구타할 겁니다. 몇 명이 몇 대를 칠까요? 아쉽지만, 현장에는 우리 쪽 사람이 열두 명밖에 준비되어 있지 않습니다."

홍혜화는 곧장 12층을 눌렀고, 노신사는 감탄했다.

"오, 고민도 없이 바로 12층이군요. 이번에도 역시 부부를 위한 결정입니까? 처지가 바뀌었어도 그렇게 선택했을 것이다?"

"네. 우리 부부를 위해서⋯. 차라리 고민하지 않는 게 덜 괴로운 일이에요."

"좋습니다. 그럼 가실까요?"

엘리베이터 문이 닫히고, 두 사람은 12층으로 올라갔다. 12층 앞에도 TV가 대기 중이었다. 잠시 뒤, 화면이 켜지며 김남우의 모습이 펼쳐졌다. 사람들에게 둘러싸여 무차별 구타를 당하는 중이었다. 홍혜화의 눈살이 찌푸려졌지만, 그 광경을 끝까지 지켜보았다. 영상이 끝난 뒤 노신사가 가방을 가리켰다.

몇 층을 누르실 겁니까

"1억 2000만 원. 가져가시면 되겠습니다."

"아…. 감사합니다."

자기도 모르게 인사한 그녀는 얼른 가방에서 돈다발들을 꺼냈다. 노신사는 그녀에게 또 봉투를 내밀었다.

"계속하실 생각이라면 더 뽑으시죠. 단, 뽑은 뒤에는 멈출 수 없습니다."

"네."

홍혜화는 봉투 하나를 더 뽑았고, 노신사가 내용을 읽었다.

"오, 흥미로운 질문을 뽑으셨군요. 자, 우리는 당신이 가장 사랑하는 사람의 치아를 뽑을 겁니다. 몇 개를 뽑을까요?"

"이빨을요?"

홍혜화는 살짝 움찔했지만, 곧바로 24층 버튼을 눌렀다. 노신사는 또 감탄했다.

"놀랍군요. 치아의 개수가 대략 그쯤 된다고 생각하신 겁니까? 거침이 없으십니다. 그럼 가시죠."

엘리베이터는 24층으로 올라갔고, TV 영상 속에서 정말 그 일이 벌어졌다. 혼절한 듯했던 김남우는 다시 깨어나 고통에 몸부림쳤다. 홍혜화는 순간 죄책감이 들다가도 두 가지 상념이 그녀를 막아섰다. 창문 너머로 보았던 외도 장면과 눈앞의 돈다발. 오히려 그녀는 엘리베이터 버튼을 힐끔거리며 가장 높은 층이 몇 층인지를 확인했다. 어떤 질문을 뽑아야 저 높은 층까지 갈 수 있을까?

"더 뽑으시겠습니까?"

"네."

"좋습니다."

홍혜화는 노신사가 내민 봉투를 빠르게 뽑았다. 노신사는 봉투를 열고 감탄했다.

"오 이번 질문은 마지막 층까지도 누를 수 있는 질문이군요."

"아…!"

홍혜화의 눈동자가 기대로 반짝거렸다. 질문이 무엇이든 간에 그녀는 마지막 층을 누를 생각이었다. 한데, 노신사가 읽은 질문은 생각지도 못했던 내용이었다.

"우리는 당신이 가장 사랑하는 사람을 강간할 겁니다. 몇 명이 강간할까요?"

"예?"

홍혜화는 상상 못 했던 내용에 조금 놀랐다. 저 봉투에는 별의별 내용이 다 있구나. 노신사가 의미심장하게 웃

몇 층을 누르실 겁니까

으며 말했다.

"다른 질문들은 사실 층의 제한이 있었죠. 손가락 같은 건 열 개밖에 없으니까 말입니다. 말하자면, 이 질문을 뽑는 게 행운이라고도 할 수 있다는 겁니다. 축하드립니다."

"아…. 예."

"궁금한 게 있습니다. 만약 첫판에 이 질문을 뽑았다면 몇 층을 누르셨을까요?"

"네? 글쎄요…?"

"왜냐면 말입니다, 낮에 김남우 씨가 그랬거든요. 처음 선택한 봉투에서 바로 이 내용이 나와서 말입니다."

"예?"

"김남우 씨가 홍혜화 씨보다 먼저 이 게임에 참여했습니다. 아쉽게도, 김남우 씨는 지하 1층을 누르셨습니다."

"아니 무슨 말이죠 그게?"

"잊으셨습니까? 그날 방탈출 카페 앞에서 설문 조사에 먼저 응하신 게 남편분이셨는데. 당신보다 먼저 이 게임에 참여하셨습니다."

"아…."

홍혜화는 당황했다. 남편도 이걸 했다니?

"어…? 잠깐만…?"

일순간, 홍혜화의 표정이 멍해졌다. 남편이 지하 1층을 눌렀다고? 지하 1층은 질문의 몫을 스스로 감당해야 한다고 했는데? 그럼 1층을 누른 남편이 감당한 것은…. 홍혜화의 온몸이 사시나무 떨듯이 떨리기 시작했다. 설마, 설마, 설마! 충격으로 다리에 힘이 풀려 주저앉은 그녀의 귓가에, 눈물을 흘리는 그녀의 귓가에, 노신사의 동정 없는 목소리가 들려왔다.

"몇 층을 누르실 겁니까?"

무서운 침묵

회장님! 회장님과 식사를 할 수 있게 되어 정말 영광입니다!

사실, 그렇습니다. 제가 뭐 사업을 꿈꾸는 사람도 아니고, 평범한 직장인이 이런 자리에 올 게 아니었지요. 그런데도 제가 오늘 회장님을 찾아온 건, 한 가지 부탁 때문입니다. 아! 주식 종목을 찍어 달라거나 그런 게 아니니까 걱정하지 마시길 바랍니다. 제가 부탁드릴 건 바로, 이 지갑에 관해서입니다. 네. 이 지갑. 겉으로 보기에는 평범해 보이지요? 하지만 이 지갑은 아주 특별한 지갑입니다. 아무리 돈을 빼도 돈이 마르질 않는 지갑이죠.

네, 당연히 믿기지 않으시죠? 하지만 믿으셔야 합니다. 사실이니까요. 대략 1년 반 전이었습니다. 취준생으로 빌빌대던 저에게 그 사내가 찾아왔습니다. 제게 이 지갑을 내민 그는 말했습니다.

'이 지갑은 돈이 마르지 않는 지갑입니다. 여기 한가득 들어 있는 5만 원짜리는 빼도 빼도 줄어들지 않습니다. 단, 한 장을 뺄 때마다 전 세계에서 무작위로 한 명이 죽습니다. 반대로, 이 지갑에 5만 원권을 넣으면 원래 죽

어야 할 사람 하나의 목숨을 무작위로 구합니다.'

회장님이라면 이 말을 믿겠습니까? 네, 저도 그랬습니다. 코웃음을 쳤지요. 하지만 사내는 시범 삼아 무한히 나오는 돈을 진짜 보여 주었습니다. 정말 빼도 빼도 지갑의 돈은 줄지 않았습니다. 사내는 제게 이 지갑을 선물하려고 했습니다. 당연히 이런 귀한 물건을 공짜로 줄 때는 의심할 수밖에 없지 않습니까? 저는 경계하며 물었습니다.

'5만 원을 뺄 때마다 전 세계에서 무작위로 죽는다고요? 설마, 5만 원을 빼는 순간 그 무작위 대상이 제가 되어서 죽는 거 아닙니까? 아니면 내 가족이나 사랑하는 사람이 죽는다거나….'

일리 있는 지적이지 않습니까? 하지만 의외의 대답이 돌아왔습니다.

'물론, 그럴 수도 있습니다.'

'예?'

'당연히 무작위니까 당신이나 당신의 가족 중 누군가 죽을 수도 있죠. 그건 당연한 겁니다. 하지만 그 확률은 전 인류, 대략 80억분의 1입니다. 공정하게 80억분의 1이요. 이 지갑이 당신의 운명을 조종한다거나, 악마적인 일을 억지로 일으킨다거나 그런 게 아닙니다. 순전히 80억 분의 1의 확률로 그런 재수 없는 일이 일어날 수는 있습니다. 하지만 그런 일이 당신에게만 일어난다는 건, 너무 소설 아닙니까?'

사내가 변명 같은 걸 할 줄 알았던 저는 그 말에 오히려 믿음이 갔습니다. 그렇죠. 솔직히 로또 당첨 확률도 1000만분의 1이 안 되는데, 제가 로또를 산다고 당첨될 것 같지도 않거든요? 80억분의 1을 무서워한다는 건 우스운 일이었습니다.

일단 저는 지갑을 받기로 했습니다. 손해 볼 건 없지 않습니까? 그리고 고민했습니다. 이 지갑에서 돈을 빼 볼까 말까. 돈 5만 원과 사람의 목숨을 고민한 저를 쓰레기라고 욕하셔도 할 말이 없습니다. 하지만 눈앞에서 죽음이 벌어지지 않는 이상, 누군가의 죽음은 멀게만 느껴졌습니다. 반면, 눈앞의 5만 원은 너무나도 가까웠고요.

그래도 며칠간은 양심과 싸웠지만, 그날 밤에 무너지고 말았습니다. 취준생이라 맨날 친구들한테 얻어먹기만 했는데, 그날 밤에는 정말 한턱내고 싶더군요. 저는 눈 딱 감고, 지갑에서 15만 원을 꺼냈습니다. 세 명을 죽인 거죠. 한번 선을 넘었더니, 이후는 쉬웠습니다. 조금만 아쉬워져도 금방 지갑에 손이 가더군요. 부끄럽지만, 이런 합리화도 있었습니다.

'어차피 전 세계에서 하루 사망자가 6만 명이 넘는데, 6만 명이나 6만 3명이나 똑같지 않나?'

제 행위는 명백한 살인이었음에도 눈에 보이지 않는단 이유로 그저 숫자 취급해 버린 것입니다. 제 생활을 조금이라도 윤택하게 해 주는 것에 돈을 아끼지 않았죠. 덕분일까요? 생활의 여유가 태도에도 묻어났는지, 저는 그렇게 떨어지기만 하던 면접에 합격해서 번듯한 직장에 취업했습니다. 주변의 많은 축하를 받았죠. 그땐 그런 생각도 했습니다.

'이제 취업에 성공했으니까, 한 달에 얼마씩이라도 지갑에 돈을 넣어서 사람들 목숨을 구해야겠다. 그럼 그동안의 죗값을 갚는 셈이겠지.'

지금 생각하면 얼마나 민망한 생각인지…. 취업 후에도 저는 지갑에 돈을 넣기는커녕 오히려 더 빼서 썼습니다. 쌓인 스트레스를 풀어야 한다는 핑계로 말입니다. 그러다가 저는 드디어 깨닫고 말았습니다. 제가 그동안 무슨 짓을 저질렀던 것인지 정말 진실로, 진심으로 깨닫고 말았습니다.

그날은 외근을 마치고 돌아가는 길이었습니다. 더워서 걷기가 귀찮았습니다. 버스나 지하철을 타고 돌아가야 할 거리였지만, 저는 택시를 타고 가기로 했습니다. 물론 그 아까운 택시비는 제 돈이 아닌 그 지갑의 돈을 쓰기로 마음먹었죠. 도로가에 나온 저는 택시를 잡으며 지갑에서 5만 원 한 장을 꺼냈습니다. 거의 동시였습니다. 정말 제가 지갑에서 돈을 빼는 그 순간, 눈앞에서 한 아이가 트럭에 치여 날아갔습니다.

사람이 죽는 걸 처음으로 목격했습니다. 아니라고 믿고 싶었습니다. 제가 그때 지갑에서 5만 원을 뺐기 때문에 죽은 게 아니라, 그냥 원래 일어날 사고였다고 믿고 싶었습니다. 80억분의 1의 확률로 내 눈앞에서 펼쳐진 게 아니라고 믿고 싶었습니다. 그러나 그 타이밍은, 제 눈에 각인된 그 장면은 도저히 아니란 말을 못 하게 했습니다. 설령 아니라 해도, 그동안 제가 저질러 왔던 겁니다. 저런 죽음을 제가 손쉽게 저질러 왔던 겁니다.

'내가 그동안 도대체 무슨 일을 한 거지?'

온몸이 떨렸습니다. 숨이 막혔습니다. 제가 사람을 죽인 겁니다. 수백 명이 넘는 사람을 이렇게 죽여 왔던 겁니다. 그깟 푼돈 때문에 말입니다. 주체할 수가 없었습니다. 어쩔 줄 몰라 미칠 것만 같았습니다. 그런데, 방법이 있더군요. 이 지갑에 5만 원을 넣으면 한 사람의 목숨을 살릴 수 있다는 사실 말입니다. 내가 그동안 죽인 사람보다도 훨씬 더 많은 사람을 살린다면, 조금이나마 제 죄를 씻을, 아니, 그게 유일하게 제가 속죄할 수 있는 길이었습니다.

처음에는 제가 열심히 일해서 속죄할 생각이었는데, 그걸로는 부족했습니다. 제가 그동안 살인한 사람들이 너무 많았습니다. 제가 죽인 사람보다 수백 배, 수천 배는 더 많은 사람을 구해야만 했습니다. 그래서 제가 이렇게 회장님을 찾아온 겁니다. 이 지갑을 회장님께 드리기 위해서 말입니다. 저 같은 일반인이 평생 이 지갑으로 사람을 구해 봤자 얼마나 구하겠습니까? 그리고 또 언제 유혹에 넘어가지 말라는 보장이 있습니까? 이 지갑은 제가 소유해서는 안 됩니다. 회장님 같은 분이 가지셔야 합니다. 평소 기부도 많이 하시는 회장님이라면, 이 지갑을 정말 옳은 일에 크게 쓰실 겁니다. 회장님께 이 지갑을 전해 드리는 게 제가 할 수 있는 가장 최선입니다.

무서운 침묵

그러니 부디 회장님, 이 지갑을 받아 주시길 바랍니다. 제발 부탁드립니다!

"흠…. 그래, 확실히 자네보다는 내가 이 지갑을 가지고 있는 게 세상에 더 이롭겠지. 자네 생각을 충분히 이해하겠어. 그런데 내가 궁금한 게 하나 있는데 말이야…."

네? 무엇입니까? 무엇이든 다 물어보시지요!

"이 행사 말이야. 자네가 나와 한 끼 식사하기 위해 최종적으로 경매에서 낙찰받은 금액이 8억 원이었지…? 그럼 그 8억은 어디서 난 돈인가?"

유품 경매인

"아빠는 직업이 뭐예요?"

꼬마의 질문에 중년 사내는 머뭇거렸다. 고민하던 그는 무겁게 고개를 끄덕였다.

"그래, 우리 남우도 이제 아버지 일을 배울 때가 됐구나. 아버지 직업은 유품 경매인이란다."

"유품 경매인이요? 그게 뭐예요?"

사내는 어린아이가 알아듣기 쉽게 찬찬히 설명했다.

"한 사람이 죽으면, 그 사람이 살던 방 안의 모든 것은 그의 유품이 되잖니? 그걸 경매로 사서 되파는 게 아빠의 일이란다."

"죽은 사람의 물건을 판다고요?"

"그래. 만약 연고가 있는 사람이면 유족이 유품을 가져가겠지만, 어떤 사람들은 그런 인연이 없거든. 그럼 그 사람의 물건은 다 버려지는 거지. 쓰임이 남았는데 단지 죽은 사람의 물건이란 이유만으로 버려지는 건 옳지 않지? 세상을 위해서라도 재활용되어야만 한단다. 아빠의 일이 바로 그것이지."

"그렇구나! 멋진 일이네요!"

"말이 나온 김에 오늘 아빠의 일을 견학해 보자. 언젠가는 네가 물려받아서 해야 할 일이니까."

"좋아요!"

사내는 아들을 차에 태우고 어딘가로 향했다. 창문 밖을 보던 아이는 고개를 갸웃했다.

"아빠 일하는 곳이 시골에 있어요?"

"시골이라기보다는, 음. 산속에 있는 굴이라고 해야 하나? 너에게는 어려운 말일 수 있지만, 이승과 저승의 경계라고 하는 게 정확하단다."

"이승과 저승의 경계요?"

산에 진입한 차는 더는 길이 없는 곳까지 달린 뒤 멈췄다. 근처에는 이미 다른 차 몇 대가 서 있었다. 사내는 아들과 함께 산속 깊은 곳으로 걸었다. 10분쯤 걸었을까? 어느 바위 절벽의 틈 앞에 섰다.

"다 왔구나. 앞으로 놀랄 일이 많겠지만, 너무 놀라지 말아라. 아빠가 다 설명해 줄 테니까."

"예."

부자는 바위틈 안으로 걸었다. 좁은 길 끝에는 양쪽으로 열리는 나무문이 있었는데, 문을 연 순간 아이의 눈이 휘둥그레졌다. 고급 레스토랑 같은 공간이 나오는 게 아닌가? 세련된 원탁 몇 개와 앞에는 무대도 있었다. 원탁에는 대여섯 명의 중년 남자들이 앉아 있었는데, 그들은 사내 부자를 보고 놀란 얼굴이 되었다.

"아니? 아이를 데려왔어?"

그 목소리에 사내가 빈 원탁으로 걸어가며 말했다.

"후계를 좀 키워 볼 생각입니다. 제가 은퇴하면 이 일은 우리 아이가 물려받아야지요."

"이 일의 후계를 키운다고?"

사내의 말은 몇몇 사내들을 놀라게 했다. 대놓고 눈살을 찌푸리는 사람도 있었지만, 입 밖으로 비난을 꺼내진 않았다. 그럴 입장은 아니라는 듯했다. 아이를 옆자리에 앉힌 사내는 자리에 있는 사람들을 둘러보며 말했다.

"제가 마지막이군요. 그럼 시작해도 되겠습니다."

"크흠. 그래, 마침 오는군."

사내는 아들에게 무대를 바라보라며 손짓했다. 무대 위로 검은 로브 차림의 존재가 등장하고 있었다. 후드 속 얼굴은 어둠에 가려 보이지 않았는데, 그는 마이크 앞에 서서 기묘한 울림이 있는 음성으로 말했다.

"오늘의 경매를 시작합니다. 첫 번째 방입니다."

존재가 손가락을 튕기는 순간, 무대 위에 거대한 어둠 뭉치가 나타났다. 사내의 아들은 깜짝 놀라 그에게 바싹

붙었고, 사내는 무서워하지 말라며 아이를 다독였다.

"아무런 위험도 없으니까 무대를 잘 보아라. 저 사각형의 검은 덩어리는 죽은 자의 방이란다. 낙찰 전까지는 저렇게 미개봉 상태지. 자, 방 앞에 한 사람이 서 있지?"

사내가 손가락으로 가리킨 무대 위에는 무표정한 얼굴의 중년 남성이 마네킹처럼 서 있었다.

"죽은 사람이란다."

"죽은 사람이요?"

"그래. 저 방의 주인이지. 저 사람이 죽었으니, 저 사람이 살던 방 안의 모든 것은 주인을 잃은 셈이지? 그걸 우리 유품 경매인들이 사는 거란다. 방을 통째로 사는 거지. 가장 중요한 게 뭔 줄 아니?"

"뭔데요?"

"주인을 보고 방 안의 물건들이 얼마만큼의 가치가 있는지 판단하는 거란다. 기껏 비싼 경매금을 주고 샀는데, 그보다 못한 내용물이면 손해이지 않겠니? 어떤 사람은 무소유를 실천해서 방에 가치 있는 물건이 아예 없기도 하거든."

"그럼 어떡해요?"

"방을 미리 볼 수 없으니까, 방 주인으로 가늠할 수밖에 없지. 저기 죽은 사람 말이다. 죽은 사람을 살펴서 방의 가치를 짐작하는 노하우를 기르는 것, 그게 유품 경매인의 능력이란다. 각자 자신만의 노하우가 있는 거지."

사내는 아이의 머리를 쓰다듬었다.

"언젠가는 우리 아들이 아빠의 일을 이어받아야 하거든. 그래서 아빠는 우리 아들에게 내 노하우를 전부 가르쳐 줄 거란다. 잘 배울 수 있겠니?"

"네! 좋아요!"

"그래. 그럼 가장 중요한, 방의 가치를 가늠해 보는 일부터 시작하자꾸나. 자, 저 죽은 사람을 잘 살펴보렴. 저 사람의 방은 가치가 높을까 낮을까?"

"음…. 모르겠어요."

"가장 쉬운 방법은 복장을 살펴보는 거란다. 만약 비싼 옷과 비싼 장신구를 착용한 사람이라면, 방의 가치도 높지 않겠니?"

"아!"

"그래서 유품 경매인은 항상 전 세계의 명품 브랜드들을 다 꿰고 있어야 한단다. 어느 브랜드가 얼마 정도의 가격대를 형성하는지, 진품과 짝퉁을 구별하는 방법 등등. 쉽지 않아 보이지?"

"어려워요."

"하하. 하다 보면 익숙해질 거란다. 저 사람은 지금 양복을 입고 있지? 어때? 명품일까?"

"음….."

아이는 눈을 가늘게 떠 관찰하다가 물었다.

"가까이서 봐도 돼요?"

"아니, 그건 안 된단다."

사내는 망원경을 꺼내며 말했다.

"저 무대 가까이 갈 수 있는 건 경매 낙찰자들밖에 없지. 그리고 지금 보면 원탁들도 거리가 다 다르지? 유품 경매인 경력이 오래될수록 앞자리를 차지할 수 있는 거란다. 아빠는 중간 정도지."

"그렇구나."

사내는 아이의 눈에 망원경을 맞춰 주었다. 아이는 무대 위 중년 남성을 좀 살피다가 모르겠다며 포기했다. 사내는 망원경을 가져다 쓰며 말했다.

"아빠가 보기에 저 양복은 명품이 아니란다. 구두도 수제화처럼 보이지만, 비싸 보이지는 않지. 그리고 구두가 많이 닳아 있는 걸 보면 따로 관리를 안 하는 듯하고. 손목에 시계나 반지, 목걸이도 없어. 복장만 봐서는 높은 점수를 줄 수가 없겠구나."

"와아! 대단해요."

"하하. 그다음으로는 사람을 살펴야지? 헤어스타일에 많은 정보가 담겨 있는 거 아니? 머리카락을 한 달에 한 번 자르는 사람과 일주일에 한 번 자르는 사람의 차이를 알아야만 하지. 또 중요한 건 손이란다. 손에는 많은 이야기가 담겼어. 아빠는 기름때, 흙때 묻은 손을 좋게 평가하지는 않는단다. 자수성가의 상징일 수도 있겠지만, 글쎄? 그리고 손톱도. 손톱 관리는 안정적인 생활과 밀접한 관계가 있단다. 저 사람의 손은 영 마음에 들지 않는구나."

"저도 볼래요."

사내는 아이에게 잠깐 망원경을 빌려주었다가 다시 돌려받으며 설명을 계속했다.

"얼굴을 보면 나이가 어느 정도 짐작이 가지? 아무래도 어린 사람보다는 나이 많은 사람의 방이 더 가치 있을 확률이 높지. 다만, 너무 늙으면 또 달라. 고독사 하는 노인들의 방은 꽝이라고 생각해야 하거든. 그래서 노인 경매는 유찰될 때가 많단다. 저쪽에 있는 저 유품 경매인 아저씨가 골동품 쪽에 관심이 많아서 가끔 사긴 하는데…. 난 추천하지 않는단다."

"네에."

"관리한 얼굴과 관리 안 한 얼굴의 차이점도 당연히 살펴야 하겠지? 그리고 또 중요한 게 있는데, 유품 경매인은 관상에도 관심을 좀 가져야 한단다."

"관상이요?"

"그래. 경력 많은 유품 경매인은 모두 전문 관상가란다. 재산이 많을 관상인지, 쌓아 둘 관상인지, 그런 것들. 당장은 네가 배울 수 없겠지만, 관심을 가져야 한다는 건 알아 두자꾸나."

"네!"

사내가 설명하는 사이, 한 유품 경매인이 이번 집을 낙찰받았다. 존재의 음성이 울렸다.

"4얼 낙찰!"

사내는 아들에게 설명해 주기 위해서 일부러 이번 경매에 참여하지 않았다. 그는 낙찰받은 유품 경매인을 가리키며 말했다.

"방금 저 아저씨가 4얼에 낙찰받았지? 1얼이 시작가인데 4얼이라는 것은, 다들 이 방이 그리 가치 있다고 생각하지 않았다는 거란다."

"4얼이요? 얼이 뭐예요?"

"얼이 무엇이냐면···."

사내는 잠깐 망설이다가 내친김에 설명했다.

"아빠가 어딘가에 후원금을 내면 그 대가로 돌아오는 거란다. 후원금을 많이 내기 위해서라도 좋은 방을 많이 낙찰받아야겠지?"

"아, 그렇구나. 근데 그럼, 어디를 후원하는 거예요? 그 후원금은 어디에 쓰여요?"

"자세히 설명하기는 그렇지만, 아주 미묘한 방식으로 쓰인단다. 마치 나비효과처럼. 저기 저승에서 온 존재는 이승이 혼란한 걸 좋아한단다. 이 세상이 평화롭고 아름답지만은 않은 이유가 우리 유품 경매인들의 존재 때문이라고만 말해 두자꾸나."

"음, 어려워요."

"하하. 나중에 자연히 알게 될 거야. 전 세계에 수많은 유품 경매인이 있단다. 그들 덕분에 이 세상은 단조롭지 않게 흘러가는 거지. 우린 세상에 꼭 필요한 존재란다."

아이는 고개를 갸웃하면서도 아빠가 하는 일이니까 마냥 멋있게 생각하기로 했다. 사내는 무대를 가리키며 말했다.

"자, 저기 지금 낙찰받은 유품 경매인 아저씨가 무대로 다가가지? 잘 보렴."

아들은 무대에 집중했다. 유품 경매인은 존재의 손에 무언가를 건넸고, 무대 위로 올라섰다. 존재는 사각형의 어둠 뭉치로 다가가서 어둠 속에 손을 집어넣더니, 방의 문을 열었다. 유품 경매인은 그 문 안으로 들어갔고, 어둠 뭉치가 무대 위에서 흔적도 없이 사라졌다.

"앗!"

아이가 깜짝 놀라자, 사내가 설명했다.

"낙찰받은 아저씨는 지금 죽은 사람의 방 안에 들어가서 가치 있는 것들을 옮기고 있을 거란다. 낙찰받으면 유품 경매인의 창고와 죽은 사람의 방이 일시적으로 연결되거든? 그때 10분의 시간이 주어지고, 다 옮기고 나면 이곳으로 다시 돌아오니 걱정하지 말아라. 이건 나중에 경험해 보면 이해가 빠를 거다. 오늘 아빠가 하나 낙찰받아 볼 테니까, 그때 직접 해 보자꾸나."

"네!"

아이는 금세 기대하는 얼굴이 되었다.

"두 번째 경매를 시작합니다."

존재의 말과 함께 무대 위에는 새로운 검은 뭉치가 나타났다. 그 앞에 서 있는 건 운동복 차림의 젊은 여성이었다. 사내는 고개를 저으며 혀를 찼다.

"자살일 확률이 높겠구나. 요즘 젊은 청년들이 어찌나 많이들 죽는지 원."

이번 경매에는 참여하는 유품 경매인들이 없었다. 의아해하는 아이가 물었다.

"왜 아무도 손을 안 들어요?"

"방 안에 가져갈 게 없을 확률이 높거든. 사실 여자의 방에는 귀금속이 있을 확률이 높아서 대개 선호하지만, 저렇게 어린 여자는 얘기가 다르지."

"입찰자 없습니까? 유찰합니다. 세 번째 경매를 시작합니다."

존재의 한마디로 젊은 여성의 모습이 사라졌다. 이번 무대 위에는 방금 사내가 예시로 들었던 중년 여성의 방이 나타났다. 순식간에 여기저기서 유품 경매인들이 손을 들었다.

"1얼!"

"2얼!"

"5얼!"

아들은 놀란 얼굴로 물었다.

"인기가 많아요!"

"다들 이 일을 오래 했거든. 딱 보면 아는 거지. 자, 아까 아빠가 설명했지? 사람을 살펴야 한다고? 지금 저 죽은 아주머니가 들고 있는 가방이 명품이란다. 옷과 구두도 다 명품이고. 다들 한눈에 알아본 거지. 저 아주머니의 드레스룸에는 명품이 얼마나 많이 있겠니?"

"그렇구나!"

"아빠 생각에 최소 30얼은 무조건 넘길 것 같구나. 이런 물건은 오랜만이거든."

사내의 말대로였다.

"41얼! 41얼 나왔습니다. 더 없습니까? 더 없으시다면 셋을 세겠습니다. 셋, 둘, 하나. 41얼에 낙찰입니다."

앞자리의 유품 경매인이 무대 위로 향했다. 사내는 그를 가리키며 아들에게 말했다.

"우리 중에서 가장 경력이 많은 양반이지. 근데 재밌는 건, 이렇게나 비싸게 샀는데도 꽝일 경우가 있다는 거야. 아빠가 말했다시피, 열기 전에는 알 수 없는 게 이 일의 매력이니까. 근데, 그렇게 꽝일 때도 유품 경매인은 절대 티를 안 낸단다. 잘 되든 안 되든, 티를 안 내는 게

유품 경매인

유품 경매인의 특징이지. 내 정보가 다른 경매인들에게 들켜서 좋을 게 없거든. 모두 경쟁자니까."

"아하!"

그 사이, 첫 경매에 참여했던 남자가 무대 옆문을 열며 돌아왔다. 사내의 말대로 그의 표정은 포커페이스였다.

"네 번째 경매를 시작합니다."

네 번째, 다섯 번째, 여섯 번째…. 사내는 모든 경매를 관망하다가 아홉 번째 경매에서야 나섰다. 이번 경매에 오른 고인은 캐주얼한 복장의 40대 남성이었다.

"적당한 사람이 올라왔구나. 앞에서 다른 경매인들이 지출을 꽤 했으니까 적당한 가격에 낙찰받을 수 있을 거다. 오늘은 우리 아들이 배우는 시간이니까, 이번 낙찰만 하고 돌아가자꾸나."

사내는 아들에게 설명했고, 그 설명을 주변에서 들었는지 큰 경쟁 없이 7얼에 낙찰받았다.

"자, 그럼 무대 위로 올라갈까?"

사내는 아들을 데리고 존재에게로 향했다. 아들의 표정은 두려움 반, 설렘 반이었다. 존재가 아들을 힐끔 쳐다보니 사내가 설명했다.

"제 대를 잇게 하려고요. 유품 경매인으로 살 겁니다."

"알겠습니다."

고개를 끄덕인 존재는 두 사람을 무대 위로 이끌었다. 그가 어둠 뭉치에 손을 뻗어 문을 연 순간, 아들의 두 눈이 휘둥그레졌다. 평범한 방 안의 풍경이 펼쳐진 것이다. 아들이 멍하니 바라보고만 있을 때, 사내가 정적을 깨웠다.

"보통 이렇게 문을 열어 놓는 건 좋지 않단다. 다른 유품 경매인들이 방 안을 보게 되잖니? 안이 잘 보이는 각도에 고참들이 앉아 있는 게 다 그런 이유지."

"아."

"그래서 문이 열리자마자 잽싸게 들어가 닫는 게 일반적이란다. 자, 그럼 가 볼까?"

사내는 아들의 손을 잡고 방 안으로 들어가 문을 닫았다. 아이는 갑자기 바뀐 환경에 신기해했는데, 사내는 곧장 닫았던 문을 다시 열었다. 그곳은 경매장이 아니었다.

"자, 건너편에 창고 보이지? 아빠 창고란다. 이 안에서 가치 있는 것들을 10분 동안 저기로 옮기는 거야. 시간이 없으니까 빠르게 움직여야 한단다. 시작해 볼까?"

"아, 네!"

사내는 익숙한 움직임으로 붙박이장부터 모두 열었다. 여유로운 그는 아들에게 책상 위 노트북을 옮기라고 지시도 했다. 사내가 귀중품들이 될 만한 것들을 빠르게 선별하고 옮기던 그때, 아이가 갑자기 소리를 질렀다.

"앗! 아빠!"

"응?"

아이는 방구석을 가리키고 있었는데, 그곳에 놓인 케이지 안에는 작은 강아지가 있었다.

"강아지가 있어요!"

"음. 그렇구나. 가끔 애완동물이 있는 경우도 있단다."

사내는 다시 고개를 돌리고 하던 일에 집중했다. 아이는 계속 강아지 주변을 어슬렁거렸다. 곧, 다시 아빠를 불렀다.

"아빠! 얘 어떡해요?"

"음, 글쎄다."

아이는 망설이다가 말했다.

"아빠, 얘도 데려가면 안 돼요?"

"음?"

사내는 하던 일을 멈추고 아이를 돌아보았다.

"음. 보통 유품 경매인들은 애완동물을 데려가지 않는

단다."

"하지만…."

아이는 간절한 눈빛으로 아빠를 올려다보았다. 그 표정을 가만히 보던 사내는 한숨을 내쉬었다.

"그래, 알겠다. 창고에 데려다 놓거라."

"와! 고마워요, 아빠!"

강아지를 품에 안고 창고로 향하는 아이의 모습을 본 사내는 씁쓸하게 웃었다.

사내는 대충 일을 마무리하고 아이에게 말했다.

"이제 곧 10분이겠구나. 10분이 지났을 때 창고에 있으면 바로 창고로 이동할 수도 있단다. 하지만 우리는 차를 몰고 왔으니, 이쪽 방에서 대기해야겠지?"

"네!"

곧 문 너머 창고가 동굴로 변했다. 사내는 아이와 함께 동굴을 걸었고, 동굴 끝 문을 열고 경매장으로 돌아왔다. 아직 경매가 진행 중이었지만, 사내는 아이와 함께 나가며 유품 경매인들에게 인사했다.

"저는 이만 가 보겠습니다. 오늘 아이를 데려왔는데도 양해해 주셔서 감사합니다. 다음에 또 뵙겠습니다."

유품 경매인들은 사내를 돌아보며 인사했다. 사내가

문을 닫고 나가자, 유품 경매인들은 저마다 한마디씩 던졌다.

"참 나! 아들한테 이 일을 물려주겠다고?"

"쯧. 이 일이 뭐가 좋다고 아들한테까지 물려줘."

그들의 생각은 당연했다. 유품 경매인이란 말로 포장해 봤자, 이 일이 얼마나 더러운 일인가? 사람들이 혀를 차며 떠들 때, 고참 유품 경매인이 말했다.

"저 아이가 그 아이잖아. 낙찰받은 방에서 주워 온 아이 말이야. 친자식도 아닌데 그럴 수 있지 뭐."

"아, 그랬나? 어쩐지."

가볍게 떠들던 유품 경매인들은 다시 경매에 집중했다.

기업 경영 AI

신생 대기업 보그나르. 그곳의 회장 두석규를 한 단어로 설명하자면 '독재자'가 가장 어울린다. 전문가의 의견보다 본인의 직감을 더 중시하는 그였지만, 회사는 승승장구하고 있었다. 거기엔 두 가지 이유가 있다고 보인다. 하나는 직원들을 한계까지 쥐어짜는 블랙기업이란 점, 둘은 두석규의 아버지가 남겨 주신 경영 AI 덕분이다. 천재 과학자로 유명했던 아버지는 그에게 많은 재산을 물려주었지만, 핵심은 경영 AI였다. 자기 아들을 너무나도 잘 알았던 그는, 아들의 폭주를 막을 수 있는 경영 보조 AI를 만들었다. 가히 평생의 업적이라고 할 만한 그 AI는 엄청난 성능이었지만, 그 성능에는 제한이 걸려 있었다. 아버지가 아들을 너무나 잘 알았기 때문이다.

　자기가 최고여야 하는 두석규는 절대 AI의 바지사장 역할을 할 리가 없었다. 그래서 AI는 한 달에 딱 한 번, 한 가지 지시만을 하도록 설정되었다. 두석규도 그 정도는 아버지의 유언을 지키겠다며 약속했고, 한 달에 한 번 나오는 AI의 지시는 무조건 따랐다. 그 파급은 컸다. 그리 규모가 크지 않았던 보그나르가 이 정도로 성장할 수 있었던 건 모두 AI의 지시 덕분이라고 해도 과언이 아니었다. 한 달에 딱 한 번이지만, 그 한 번의 지시는 무척 공격적이었다. 막무가내로 원자재 재고 수십 년치를 미리 구매하라든지, 어느 지역에 공장을 지으라든지, 어느 회사를 얼마에 인수하라든지, 전혀 모르던 분야로 사업을 확장하라든지. 두석규는 반신반의하면서도 아버지의 유언 때문에 지시를 따랐는데, 단 한 번도 실패한 적이 없었다. AI의 지시는 그의 회사에 날개를 달아 주었고, 불과 몇 년 사이 현재의 위치까지 올려 주었다. 하지만 그 모든 치적은 두석규의 것이었다. AI의 존재는 비밀이었으니까.

두석규는 회사가 잘되는 걸 오직 자신의 능력으로 포장했다. 사실, 스스로도 자신의 능력이라고 생각했다. AI의 지시를 듣기는 했지만, 고작 한 달에 한 번이 아닌가. 나머지 회사 운영은 모두 본인이 했고, 그 영향이 훨씬 더 크다고 생각했다. 강력한 지도력과 쥐어짜는 인재술, 짐승 같은 직관력 덕분이라고 말이다. AI 연산의 최고 걸림돌이 본인이라는 걸 모르니까 할 수 있는 생각이지만. 아무튼, 대외적으로는 두석규의 경영 능력이 높게 평가되었다. 저런 무식한 경영이 있을까 싶다가도, 한 번씩 던지는 과감한 행보가 회사를 성장시키니까 말이다. 그래서 두석규의 독재자 같은 행보를 반대할 자가 없었다.

기업 경영 AI

"회사에서 휴대폰을 충전하는 놈들이 너무 많단 말이야. 전기료 몇 푼 아끼자고 하는 말이 아니고, 충전하지 않으면 안 될 만큼 딴짓을 하고 있다는 거 아니겠어? 종일 차트만 들여다보고 있는 새끼들 꼴 보기 싫어 죽겠다고. 앞으로 회사 내에서 휴대폰 충전을 전면 금지하고, 출근할 때 핸드폰 배터리 잔량과 퇴근할 때 핸드폰 배터리 잔량 인증하라고 해. 차이가 큰 순으로 벌점 매겨서 인사고과 반영하고."

이런 지시를 하루에도 몇 번씩 하는 게 두석규였다. 노조? 그런 걸 용납할 리가 없었고, 누군가 항의하면 노골적인 불이익이 가해졌다. 퇴사하는 걸 붙잡지도 않았다. 어차피 일할 사람은 넘친다는 마인드였다. 특히 보그나르가 대기업의 반열에 든 이후로는 그의 횡포가 더욱 심해졌다.

두석규가 요즘 제일 좋아하는 단어가 바로 그것이었다. 대기업 회장님. 중견 기업 회장일 때와는 비교가 안될 정도로 어깨가 넓어졌다. 그는 여기서 만족하지 않았다. 국내 세 손가락 안에는 들어야 직성이 풀릴 터였고, 자신이라면 충분히 그럴 능력이 있다고 믿었다. 물론, 아버지가 남겨 주신 AI도 조금은 도움이 될 것이고 말이다.

"자, 그럼 슬슬 시간이 됐나?"

한 달에 한 번 AI의 지시가 있는 날, 두석규는 저택 깊숙한 곳에 있는 서재로 들어섰다. 고용인들도 절대 들어오지 못하는 비밀 공간에서 그는 모니터를 마주했다. 정해진 시간이 되자 화면에 암호 입력창이 떴고 두석규는 익숙하게 키보드를 두드렸다. 곧, 모니터에 이번 달의 지시가 나타났다. 한데 그걸 본 두석규의 표정이 기묘하게 일그러졌다.

"뭐야 이게?"

「개발 2팀 공치열 사원을 인사이동 한다. 회사 내부에 개인실을 내주고, 출근해서 퇴근할 때까지 아무 일도 시키지 말고 놀게 하라. 개인실 내부는 최상급 휴게 공간으로 구성한다. 대형 TV, 침대, 소파, 게임기, 칵테일 바, 냉장고….」

두석규가 도저히 이해할 수 없는 지시였다. 이게 도대체 무슨 의미가 있단 말인가. 경영 AI가 지난 한 달 동안 연산해서 내린 결론이 직원 한 놈을 놀게 하는 거라고? 어이가 없었지만 어쩔 수 없었다. 직원들이 노는 꼴은 죽어도 보기 싫었지만, 두석규는 AI의 지시를 그대로 시행

했다. 갑작스럽게 인사이동을 당한 사원 공치열은 당황했다.

"예? 출근해서 그냥 놀기만 하라고요? 호, 혹시 퇴사 압박인 건가요?"

"아니. 연봉도 10퍼센트 함께 인상될 거다. 휴식이 네 일이다."

"네? 아니 그럼 도대체…?"

이해 불가능한 상황 속에서 공치열은 개인실로 출근하게 되었다. 그 안에서 늘 긴장하고 있었지만, 종일 어떤 일도 주어지지 않았다. 심지어 점심도 원하는 메뉴가 따로 배달되었다. 그곳에서 노는 게 전부였다. 며칠 만에 공치열은 완전히 풀어졌다. 소파에 앉아 시원한 캔맥주를 마시며 영화를 봤다. 최신형 컴퓨터로 게임도 즐겼다. 그 모습을 누구 하나 터치하지 않았지만, 몰래 지켜보는 눈은 있었다. 도대체 AI가 왜 이런 명령을 내렸는지 이해할 수 없었던 두석규다. 그러나 두석규는 한 달 내내 그 어떤 의미도 찾지 못했다.

"도대체 뭐 때문에 시킨 거야?"

그렇게 한 달이 지나 지시를 듣기 위해 AI를 찾아온 두석규는 또 한 번 인상을 구겨야 했다. 공치열을 원래 자리로 복귀시키고, 새로운 사원을 그 자리에 앉히라는 게 아닌가.

"김남우는 또 누구야? 도대체가….."

두석규는 정말 마음에 들지 않았다. 이 지시를 꼭 따라야 하나 심각하게 고민했다.

"에잇! 그동안 한 게 있으니까."

두석규는 딱 한 달만 더 AI를 믿어 보기로 했다.

공치열은 자신의 자리로 복귀했고, 그 자리를 김남우 대리가 차지했다. 이미 회사 내부에 소문이 돌고 있었기에, 김남우는 처음부터 즐겁게 휴식을 즐겼다. 두석규는 그 꼴이 아니꼬웠지만, 한 달은 참았다. 그런데 AI가 세 번째로 같은 지시를 내리는 게 아닌가.

"이런 쌍! 못 해! 안 해! 이 새끼가 미쳤나?"

두석규는 처음으로 AI의 지시를 무시하기로 했다. 의외로 속이 시원했다. 한 달에 한 번씩 명령을 듣는 것도 사실은 마음에 들지 않는데, 잘됐다 싶었다. 두석규는 당장 비서에게 그 개인실을 폐쇄하라고 지시했고, 월급도 회수하란 막말까지 던졌다.

"다시 생각해도 정말 헛짓거리였어."

단순히 돈이 아까운 것도 있었지만, 회사에 소문이 난

게 더 언짢았다. 피땀 흘려 일해야 할 직원들이 그 모습을 보고 헛바람이 들지 않았겠는가. 두석규는 직원들의 기강을 한번 잡아야겠다고 생각하며 수단을 강구했다.

며칠 뒤, 두석규는 AI가 왜 그런 지시를 내렸는지 깨닫게 되었다. AI가 세 번째로 지목했던 그 직원이 자살한 것이다. 인터넷에 퍼진 그의 유서에는 보그나르 기업에 대한 원망과 성토가 가득했다. 노예와 같은 근무 환경이 자신을 사지로 내몰았다고 말이다. 여론은 난리가 났고, 당장 보그나르에 대한 불매 운동이 일어났다. SNS에는 보그나르 불매를 지지하는 해시태그가 수천 개씩 올라왔다. 두석규는 뒤늦게 후회했다. AI의 지시에는 모두 다 깊은 뜻이 있었구나. 한계점이 왔다는 걸 AI는 모두 계산하고 있었구나. 그러나 멍하니 앉아 망할 순 없는 일, 두석규는 온갖 수단을 다 동원했다. 언론을 총동원하고, 기자회견으로 쇼를 하고, 대표 사퇴를 가장하기까지.

그 덕분일까? 의외로 한 달도 안 되어서 사태가 잠잠해졌다. 보그나르의 광고를 받은 어느 언론사도 그 사건을 다루지 않았다. 소수의 사람을 제외하면 보그나르 자살 사태는 이미 옛이야기가 되었다. 한숨을 돌린 두석규는 AI를 찾아갔다. 아무리 마음에 안 드는 지시를 내려도 무조건 따를 생각이었다. 한데, 두석규의 예상이 빗나갔다. AI는 지난 한 달간의 예상 재무제표와 실제 재무제표를 비교한 표를 띄운 뒤, 모든 데이터를 연산한 조언을 내놓았다.

「직원 복지를 하한선까지 삭감하고, 무급 근무 시간을 편법으로 늘려라. 한 명이 또 사망하더라도 비용 면에서 그게 더 이득이다.」

새로운 데이터 학습으로 한층 업그레이드된 AI의 모습에 두석규는 몹시 만족했다. 그의 기업은 머지않아 세 손가락 안에 들 게 분명했으니까.

언젠가 냉장고 문을 열 테지만

우리 집 냉장고 문을 열 때마다 다른 집 냉장고의 내용물이 무작위로 나온다면? 내게는 그런 능력이 있다. 아무튼, 그렇다. 혼자 사는 사람에게 이처럼 멋진 능력이 있을까? 나는 한 번도 장을 본 적이 없다. 사람들의 냉장고 속은 정말 무궁무진하다. 각종 반찬과 요리는 물론이고 음료, 과자, 빵, 과일, 심지어는 보약이나 화장품도 있다. 물론 나는 그것들을 감사한 마음으로 공유한다.

최대한 티 나지 않게 가져가려고 애쓰는 걸 보면 그래도 난 양심은 있다. 아니, 사실은 없다. 간장게장처럼 내가 좋아하는 반찬을 통째로 빼 간 적도 많고, 양주를 다 따라 내고 물로 채운 적도 있다. 솔직히 말하자면, 이슈가 되지 않을 정도로만 적당히 조절하는 거지 이 행위에 죄책감 같은 건 전혀 없다. 냉장고 속 내용물이 사라진 게 티 나지 않거나 다른 가족 중 누군가의 소행으로 착각할 정도만 건드리는 것이 내 철칙이다. 그래서 지금까지 세상에 이런 능력을 들키지 않았다. 들킬 확률도 거의 없다. 내가 남의 집 냉장고 안을 구경할 때 그 집 주인이 냉장고를 열더라도 문제없다. 동시에 문을 열면 원래 내 냉장고로 돌아간다. 즉, 그 집 냉장고 문이 닫힌 상태에서만 이런 기이한 일이 벌어진다는 건데, 누가 그걸 눈

치채겠는가? 냉장고 안에 카메라를 설치할 것도 아니고
말이다.

덕분에 그동안 즐겁게 남의 냉장고 내용물을 누려 왔
다. 웬만한 게임보다도 즐거웠다. 매번 뽑기를 하는 것과
같지 않은가? 냉장고 문을 닫았다 열 때마다 이번엔 무
엇이 들어 있을까 기대하게 된다. 어떤 날은 갑자기 망
고가 먹고 싶어서 나올 때까지 문을 여닫은 적이 있는데,
스무 번도 안 돼서 성공했다. 그날 내가 비싼 망고를 다
가져가 버려서 가족들 사이에서는 소소하게 싸움이 났을
법도 하다.

사실 그 냉장고의 주인들이 누구인지 대략 알 수도 있
었다. 내 능력의 한계 때문이다. 이 일은 엄밀히 나의 초
능력이기에 컨디션의 영향을 받는다. 보통 때는 근처 아
파트 단지를 포함해 범위가 넓어지지만, 컨디션이 나쁜
날에는 고작 반경 50미터도 안 된다. 그런 날이면 냉장고
의 내용물을 통해 이 냉장고의 주인이 누구인지 추리해
보곤 한다. 그 일은 생각보다 재밌는데, 냉장고 안에서
음식물만 나오는 게 아니기 때문이다. 세상에는 정말 다
양한 사람이 있음을 냉장고 사정을 통해 알게 되었다. 성

인용품을 냉장고에 보관하는 건 도대체 무슨 이유일까? 가죽 부츠는 가죽이 부패할까 봐 넣는 걸까? 도스토옙스키의 『죄와 벌』이 냉장고에 있는 건 아무리 생각해도 이유를 모르겠다. 담배를 냉장고에 보관하는 경우가 꽤 있다는 것도 신기했다. 이처럼 다양한 물건들을 구경하며 흥미를 채우던 나는, 그날 밤 여느 때보다 놀랐다. 너무 놀라 주저앉아 비명을 내지를 만큼.

냉장고 안에는 토막 난 사람의 몸뚱이가 칸칸이 들어 있었다.

기겁하여 급하게 냉장고 문을 닫으려 했지만, 문 쪽에 있던 내용물이 쏟아지며 문이 닫히는 걸 막았다. 억지로 닫으려고 "쾅쾅!" 우겨 넣다가 그만 머리가 내 방바닥으로 굴러떨어졌다. 그걸 다시 밀어 넣고, 다시 문을 닫고, 쏟아져 나온 다른 신체를 다시 집어넣고, 정말 정신이 나갈 것 같은 몇 초가 폭풍처럼 지나갔다. 이날의 충격은 내 초능력 컨디션에 엄청난 영향을 끼쳤다. 냉장고 문을 여는 것이 두려워지자 내 능력의 범위는 내 주변 몇 가구로 좁아졌다.

그 몇 가구 중에 토막 시체 냉장고가 있었다.

냉장고를 열다가 그 미친 냉장고가 나오면 다시 컨디션이 악화하며 악순환이 반복되었다. 냉장고 문을 여는 것이 두려웠다. 트라우마! 내 인생을 즐겁게 만들어 주었던 이 능력을 영영 잃게 될까 두려웠다. 결코, 그럴 순 없다. 두려움을 극복하기 위해 마음을 굳게 먹고 냉장고 문을 연 나는 차갑게 굳어 버렸다.

「누구냐 너?」

냉장고 안에 놓인 쪽지는 명백히 나를 향해서 묻고 있었다. 누구냐고, 너는 누구냐고. 나는 잽싸게 냉장고 문을 닫았다. 심장이 미친 듯이 뛰었다. 살인마가 내 존재를 눈치챈 걸까? 내가 냉장고를 건드렸단 걸 알았을까? 내 능력을 알아내는 건 상식적으로 불가능한데? 나는 며칠간 냉장고 근처에도 가지 못했다. 냉장고 문을 열었을 때, 무엇이 들어 있을지 두려웠다. 그러나 언제까지고 그럴 순 없다는 생각으로 겨우 용기를 내 냉장고 문을 열었다. 그 순간 둔탁한 소리가 나무 바닥을 울렸다.

냉장고 문에 실로 연결되어 있던 무언가가 딸려 나오며 바닥에 굴렀다. 가운뎃손가락을 세운 채로 잘린 손과 사진 한 장이었다. 아주 작은 체격의 발가벗은 사내가 피 묻은 식칼을 들고 웃으며 시체를 썰고 있는 사진 말이다. 나는 그를 알고 있었다. 동네에서 구걸하던 작고 불쌍한 사내였다. 그런 그가 미친 살인마였다니? 사진에는 딱 두 글자가 적혀 있었다.

「맞지?」

나는 덜덜 떨면서 사진과 손을 냉장고에 다시 넣고, 문을 닫았다. 떨림이 멈추질 않았다. 뭐가 '맞지'지? 설마, 모든 걸 알았다고? 있을 수 없는 일이다. 그날 밤, 나는 잠들 수가 없었다. 언제라도 그가 나를 찾아와 토막 낼 거란 공포가 가시질 않았다. 신고할까? 괜히 내 존재만 드러나는 것 아닌가? 이걸 증거로 삼아 검거할 수 있을까? 그 전에 보복당하지 않을까? 아니면 이사를 가야 할까? 그럼 내 능력도 사라지는데? 능력이 없는 나는 별 볼 일 없는 인간인데? 할 줄 아는 게 아무것도 없는 잉여 인간에 불과한데?

난 안다. 난 영원히 냉장고 문을 열지 않고 살 순 없다. 언젠가 나는 냉장고 문을 열어야만 한다. 그러나 나는 두려웠다. 설마 했지만 두려웠다. 그 작은 체구의 사내가 충분히 냉장고 안에 들어갈 수 있을 거란 내 불안한 예감이 말이다.

언젠가 냉장고 문을 열 테지만….

*

"김 형사님! 여깁니다!"

폴리스 라인을 치고 있는 경찰들로 시끌시끌한 다세대 주택의 반지하. 김 형사가 계단을 내려가 집 안으로 들어섰다.
"수공원 토막 살인 범인을 찾았는데, 자살했다고?"
"예. 근데 그게 좀…. 가서 보시죠."
반지하 방 허름한 냉장고 앞에 선 김 형사의 미간이 찌푸려졌다. 냉장고 안에는 왜소한 체격의 사내가 식칼을 쥔 채 얼어 죽어 있었다.

"누가 강제로 넣은 게 아니라 자기가 스스로 들어가서 얼어 죽었다고? 미친놈 아니야? 왜?"

"저도 잘 모르겠습니다. 근데 범인이 조현병 증세가 심했다고 하는데, 이 글을 좀 보시겠습니까? 책상 위에서 발견된 범인의 글입니다."

김 형사는 후배가 건네준 노트를 찬찬히 읽어본 뒤 어이가 없다는 듯 헛웃음을 터트렸다.

"그러니까, 망상 속 초능력자를 죽이려고 대기하고 있다가 얼어 죽었다고? 미친놈이구먼. 정말 미친놈다운 최후야…."

아내의 동영상

아내는 아이를 낳고 얼마 안 가서 병으로 세상을 떠났다. 죽음을 직감한 아내가 마지막까지 몰두했던 것은 아이에게 남길 동영상 촬영이었다. 아이의 유치원 입학을 축하하는 영상, 초등학교 입학을 축하하는 영상, 졸업을 축하하는 영상, 중학교, 고등학교, 대학교, 취업, 결혼까지. 아내는 말 그대로 아이의 일생에 일어날 모든 중요한 순간에 대응한 영상을 녹화했다. 그리고 아내는 내게 신신당부했다.

"꼭 순서에 맞춰서 보여 줘야 해. 아이가 보고 싶다고 떼를 써도 꼭! 그래야 내가 아이와 평생 함께하는 것일 테니까."

나는 꼭 그렇게 하겠다며 약속했고, 비로소 아내는 안심하고 떠났다. 피로웠지만, 무슨 일이 있어도 아내와의 약속을 지키려고 했다. 그래서 아이가 유치원에 입학하게 됐을 때 처음으로 영상의 존재를 고백했다.

"진주야. 어머니가 네게 남긴 영상이 하나 있단다."

"엄마가?"

아이의 얼굴은 한눈에 봐도 무척 상기되어 있었다. 왜 자신은 엄마가 없느냐고 나에게 몇 번이나 물었던 아이였기에, 그 심정이 충분히 이해되었다. 나는 아내가 남긴 유치원 입학 축하 동영상을 아이에게 보여 주었다.

"안녕 진주야? 사랑하는 우리 딸."

영상 속 아내는 병마와 싸우느라 몹시 초췌한 모습이었지만, 그런데도 아이의 눈은 화면에서 잠시도 떨어지질 않았다.

"우리 딸이 벌써 유치원에 갈 나이가 됐구나. 입학 축하해. 엄마는 너무나 기쁘단다. 앞으로 유치원에 들어가게 되면 많은 친구를 만나게 될 거야. 친구들이랑 잘 지내고…."

아내는 꼭 행복하라는 말로 영상을 끝냈다. 영상이 끝나자 아이는 곧장 내게 요구했다.

"아빠 다시요. 다시 틀어줘요."

엄마를 그리워하는 아이의 모습에 눈물이 날 것 같았지만, 꾹 참고서 몇 번이고 영상을 반복 재생했다.

아이가 유치원을 졸업하고 초등학교에 들어가게 되었을 때, 아내가 남긴 두 번째 동영상을 보여 주었다. 지난 1년 동안 아내의 첫 번째 영상을 달고 살았던 아이에게는 너무나도 멋진 입학 선물이었다.

"우리 딸 진주의 초등학교 입학을 너무너무 축하해!

진주야. 초등학교에 들어가는 게 무서울 수 있는데 엄마도 처음에는 그랬단다. 엄마는 그래도 우리 진주가 잘 해낼 수 있으리라고 믿어. 엄마는….”

아이는 초등학교 생활 내내 두 동영상을 반복 시청했다. 어느 날은 친구들에게 놀림을 받고 왔는지, 동영상을 보며 우는 아이의 모습에 나도 함께 눈물을 흘렸다.

시간이 흘러 아이가 초경을 하게 되었을 때, 나는 아내가 특히 신경 쓴 동영상을 아이에게 틀어 주었다.

“드디어 우리 딸도 축복받은 순간이 왔구나. 정말 멋진 일이란다. 우리 딸은….”

솔직히 말해서 아내가 이 동영상을 남기지 않았다면, 나 혼자 어떻게 대처했을지 자신이 없었다. 아이는 이 세 번째 동영상을 통해서 엄마와 여자끼리의 유대가 생기지 않았을까.

이후 아이가 초등학교를 졸업했을 때, 나는 아내와 약속한 동영상을 딸에게 보여 주었다.

“우리 딸, 초등학교 졸업을 정말 축하한다. 중학교 입학도 축하하고. 벌써 교복을 입을 나이가 됐구나. 가슴이 두근거리지 않니? 엄마는….”

아이는 엄마의 진심 어린 축하와 격려에 눈시울을 붉

혔다. 동영상이 끝나며 기어이 눈물을 흘린 아이는 나를 당혹하게 만들었다.

"아빠. 엄마 영상 또 있어요? 다 보여 주세요."

"아….."

아내가 준비한 동영상을 네 개나 본 아이는 다른 동영상의 존재를 눈치챈 듯했다. 하지만 나는 결코 아내와의 약속을 저버릴 수 없었다.

"때가 되어야 보여 줄 수 있단다."

"지금 보여 줘요."

"그건 안 되겠구나. 엄마가 간곡히 부탁했으니 말이다. 엄마는 꼭 시기에 맞춰 영상을 보여 주길 바랐어. 이해해 줄 수 있겠니?"

아이는 엄마의 부탁이란 말에 더는 떼를 쓰지 않고 방금 본 동영상을 다시 틀었다. 그 모습이 너무 가슴 아파서 동영상을 모두 보여 주고 싶었지만, 아내를 위해서 참았다.

이후, 아이는 엄마가 보고 싶은 날이면 충동적으로 내게 요구해 왔다.

"아빠. 엄마 새 동영상 보여 주면 안 돼요?"

"엄마와 약속했잖니."

"딱 하나만요. 제발요."

"미안하다."

갈구하는 아이에게서 아내의 영상을 숨긴다는 건 내게도 무척 고통스러운 일이었다. 그래도 아이와의 실랑이를 견뎌냈고, 약속한 시기에 맞춰 영상을 보여 줬다. 아이가 중학교를 졸업하고 고등학교에 입학했을 때, 수능을 치는 날에, 대학에 들어간 날과 졸업한 날, 아내는 동영상으로 아이의 인생을 함께했다. 첫 취직의 순간도, 첫 독립의 순간에도, 그리고 딸이 결혼할 사람을 데려왔을 때도 말이다. 그때는 사위를 향한 대사도 있었다.

"우리 귀한 딸을 빼앗아 간 도둑놈에게 무슨 말을 해야 할지 모르겠는데, 일단 반가워요. 말을 편하게 해도 되겠지요? 설마 진주가 엄마보다 연상을 데려온 건 아닐 거 아니야."

아내가 우려할 필요 없이 딸아이는 두 살 연하와 결혼했다. 의외로 결혼식 날 틀 만한 아내의 영상은 없었다. 아내는 결혼식장에서 영상을 틀면 눈물로 식을 망칠 거라며, 신혼여행을 다녀온 딸의 부부에게 전할 영상만 녹화해 두었다.

"우리 딸 결혼하는 것까지 보고 나니까 엄마는 이제 여한이 없다. 앞으로 행복하게 잘 살아."

나도 그 동영상의 끝에 맞춰 딸에게 진심으로 말했다. "정말 잘 살아야 한다."

눈물범벅이 된 딸은 꼭 그렇게 하겠다며 약속했다. 나는 그 약속이 꼭 지켜지기를 바랐다.

하지만 그 약속은 지켜지지 못했다. 딸은 결혼 2년 만에 파경을 맞았다. 이혼해서 집으로 들어온 딸에게 나는 말할 수밖에 없었다.

"진주야. 엄마가 네게 남긴 영상이 있단다."

"뭐라고요?"

"네가 이혼하면 보여 주기로 한 동영상이란다."

딸의 표정이 좋지 않았다.

"내가 이혼하면 보여 주기로 한 동영상이라고…? 내가 이혼할 경우까지 생각해서 그런 걸 찍었다고…?"

나는 말 대신 아내의 동영상을 틀어 주었다. 엄마의 영상을 보는 딸의 표정이 이제껏 처음으로 굳어 있었다.

"이혼이 요즘은 흠도 아니란다. 네 잘못이라고 생각할 필요도 없고…."

아내의 말들은 모두 위로의 말이었지만, 딸은 위로를

아내의 동영상

얻지 못한 듯했다. 딸은 전과 달리 이 영상은 두 번 다시 반복하지 않았다.

얼마 뒤, 딸에게는 또 한 번의 고통이 찾아왔다. 낙태라는 아픔 말이다. 한꺼번에 닥친 불행에 딸의 정신은 무너지기 일보 직전의 상태였다. 그때도 난 딸에게 말할 수밖에 없었다.

"이럴 때 네게 보여 주라고 엄마가 남겨 놓은 영상이 있단다."

"뭐…?"

사실, 이 동영상은 순서로 따지면 과거였다. 아내는 딸이 낙태한다면 지금보다는 더 어린 나이일 거로 예상했으니까.

"엄마는 네가 얼마나 힘든 선택을 한 건지 이해한다. 네가 지금 얼마나 스스로를 자책하고 있는지도 말이야. 엄마는…."

아내의 말은 부드러웠지만, 딸은 영상을 보며 소름이 끼친 듯했다.

"내가 낙태할 줄 알고 이런 걸 찍었어…?"

아내의 영상이 끝났을 때 딸은 분노한 얼굴로 내게 물

었다.

"다른 영상 또 뭐 있어요? 또 뭐 찍었는데요? 예?"

"그건…. 말해 줄 수가 없구나. 엄마와 약속했단다."

"아! 그냥 말해 줘요! 네? 무슨 끔찍한 영상을 또 찍었냐고요!"

"끔찍하다니! 엄마는 다 널 생각하는 마음으로, 죽어가는 마지막 순간까지도 너를 위해서….'

"됐어요! 이런 동영상이면 다신 보여 주지 말라고요!"

딸이 이렇게나 내게 화를 낸 건 처음이었다. 실수였던걸까? 이런 건 보여 주지 않았어야 했던 걸까? 하지만 나는 죽은 아내에게 맹세했다. 어쩔 수 없었다. 딸이 자살을 시도했을 때도 말이다.

"어떻게 그럴 수가 있니! 엄마는 정말 살고 싶었는데, 넌 자살이라니! 정말 실망스럽구나! 이 엄마는….'

딸은 소리를 지르며 태블릿 PC를 던져 버렸다. 이후로난 다시는 딸 앞에서 동영상 이야기를 꺼내지 않았다. 아내와의 약속도 중요하지만, 죽은 사람보다는 산 사람이더 중요했다.

다시 그 이야기가 나온 것은, 딸이 먼저 이야기를 꺼냈을 때였다.

"아빠는 그 동영상이 엄마가 날 위해 남긴 거라고 생각하죠? 아니요. 엄마 본인을 위해서 남긴 거예요. 아빠가 여태껏 재혼도 못 하고 혼자 사는 이유가 뭔데요? 우리 다 엄마가 만든 진창에 빠진 거라고요."

그 말에 동의할 수도, 부정할 수도 없었다. 아내의 동영상은 딸의 인생과 함께했지만, 내 인생과도 함께했으니까. 가끔은 나도 아내의 동영상을 보곤 한다. 그때는 너무나도 괴롭다. 아내는 내가 죽었을 때를 대비한 동영상도 딸에게 남겼다.

"진주야, 아빠마저 네 곁을 떠났다고 너무 슬퍼하고 절망에 빠져 있으면 안 된단다. 이게 도움이 될지 모르겠지만, 사실 네 아빠는 친아빠가 아니란다. 네 친아빠가 누구냐면…."

너무나도 괴롭다….

작가의 말

  인생을 살다 보면 영광의 순간이 몇 있습니다. 저는 요즘 그 순간이 아주 짧은 간격으로 몰아서 오고 있다고 느낍니다. 작가가 된 후로 영광의 순간이 많았지만, 이『청부살인 협동조합』은 손에 꼽을 만한 일입니다. 이 책은 플러스딕션의 제안으로 오디오드라마와 동시에 제작되었습니다. 펀딩으로 제작된 오디오드라마에는 내로라하는 많은 성우분이 참여해 주셨는데요. 아니, 내가 어릴 적 즐겨 보던 만화 속 성우분들이 내 글을 원작으로 연기를 펼친다고? 이게 실화라고? 이 영광만으로도 이 책은 할 일을 다했습니다. 그러니 이 책에 대해 할 말은 별로 없습니다. 하하하.

  오디오 드라마의 콘셉트가 공포였기 때문에 이 책은 공포 스릴러 작품으로 채워졌습니다. 가끔, 소설가는 글로 세상에 메시지를 전달하는 직업인가, 하는 고민에 빠집니다. 지금까지도 여전히 소설은 단지 재밌으면 된다고 생각하지만, 아무래도 독자분들은 어떤 메시지가 담긴 글을 더 선호한다고 느끼는 게 사실입니다. 재미와 메시지 둘 중 어떤 것을 우선하는가. 둘 다 잡을 수 있다면 좋겠지만, 하나만 선택해야 한다면 무조건 재미를 우선하던 저였습니다.

그래도 아주 가끔 재미가 약하다 싶을 때 저도 모르게 억지로 메시지를 부여하게 됩니다. 의미라도 있으면 약한 재미를 용서해 주시지 않을까 하는 얕은 생각으로 말입니다. 스스로도 고쳐야 한다고 생각하는 나쁜 버릇인데 쉽지 않습니다. 이걸 고치기 위해서 작정하고 순전히 재미로만 승부하는 글을 쓰곤 하는데, 그런 글들이 바로 이 책에 많이 담겼습니다. 부디 재밌게 보시길 바랍니다. 의미도 없는 주제에 재미도 없다는 최악의 평가는 면하길 바랍니다. 그럴 경우에는 오디오드라마를 위한 작품들이었다고 위안하겠습니다. 하하하.

※이 책은 플러스딕션 제작의 오디오드라마 〈청부살인 협동조합〉과 함께 만들어졌습니다. 열다섯 편의 원작과 미공개작 다섯 편을 담았습니다.

김동식 단편집

청부살인 협동조합

2022년 11월 7일 1판 1쇄 발행
2024년 9월 10일 1판 2쇄 발행

지은이 김동식
펴낸이 한기호
책임편집 염경원
편 집 도은숙, 정안나, 유태선
마케팅 윤수연
경영지원 국순근

펴낸곳 요다
출판등록 2017년 9월 5일 제2017-000238호
주소 04029 서울시 마포구 동교로 12안길 14 삼성빌딩 A동 2
층 전화 02-336-5675 팩스 02-337-5347
이메일 kpm@kpm21.co.kr

ISBN 979-11-90749-47-3 (03810)